Charmed

Charmed

Zauberhafte Schwestern

Hexenpower

Roman von
Torsten Dewi

vgs

Die Deutsche Bibliothek – CIP-Einheitsaufnahme

Dewi, Torsten
Charmed – Zauberhafte Schwestern/ [Torsten Dewi]. –
Köln : vgs.
Hexenpower. – 1999
ISBN 3-8025-2709-7

Das Buch »Charmed – Zauberhafte Schwestern; Hexenpower« entstand nach Drehbüchern der gleichnamigen Fernsehserie (Orig.: Charmed – »Something Wicca This Way Comes« von Constance M. Birge und »I've Got You Under My Skin« von Brad Kern) ausgestrahlt bei ProSieben.

Titelfoto: © Spelling Television 1999
Umschlaggestaltung: Sens, Köln
Produktion: Angelika Rekowski
Satz: Kalle Giese Grafik, Overath
Druck: Clausen & Bosse, Leck
Printed in Germany
ISBN 3-8025-2709-7

Besuchen Sie unsere Homepage im WWW:
http://www.vgs.de.

1

Es regnete in dieser Nacht in San Francisco. Doch die Bezeichnung »Regen« war für die abermillionen Tropfen, die Kamikaze-Fliegern gleich herabprasselten, eigentlich eine bodenlose Untertreibung. Seit Tagen hing eine Wolkendecke über der Stadt, die es kaum möglich machte, zwischen Tag und Nacht zu unterscheiden. Ständig blitzte und donnerte es, und die Kanalisation wurde der Wassermassen kaum noch Herr. In wilden Bächen stürzten die Fluten die Hügel der Stadt hinunter, wenn sich die Gullys wieder einmal verschluckt hatten wie ein durstiges Kind am Inhalt einer Colaflasche.

Naturgemäß waren bei diesem Wetter und in der damit verbundenen Finsternis nicht viele Menschen unterwegs. Kein Tourist versuchte die Schönheit von Fishermans Wharf zu genießen, und selbst die Polizisten der Nachtschicht versteckten sich in ihren Streifenwagen, um mißmutig durch den Wasserfall auf ihren Windschutzscheiben zu starren.

Abby Stark überprüfte noch einmal, ob die Fenster ihres Apartments verschlossen waren. Sie wollte sichergehen, daß kein Regenwasser durch die Ritzen in ihre Küche floß. Dann nahm sie ein Schälchen aus der Anrichte und einen Karton Milch aus dem Kühlschrank.

»Morgana«, rief sie leise. Sie ging in den Wohnraum und goß dabei vorsichtig etwas von der Milch in die Schale. »Morgana?«

Mit einem leisen Schnurren kam die bildhübsche Siamkatze hinter dem Sofa hervor. Abby wußte, daß Morgana Gewitter haßte. Sanft streichelte sie dem Tier über das seidige Fell, während sie die Schale mit der Milch auf den Parkettboden stellte. Sofort machte sich die Katze darüber her und schnurrte dabei noch ein wenig lauter.

»So ist's brav, meine Kleine«, sagte Abby und stand auf.

Sie hatte noch viel zu tun.

Es war für *ihn* ein leichtes gewesen, das Sicherheitstor zu überwinden, welches das Apartmenthaus vor unliebsamen Besuchern schützen sollte. Es bedurfte nur einer leichten Bewegung *seiner* linken Hand, das Schloß zu öffnen und das Tor sanft nach innen schwingen zu lassen. Dies geschah lautlos, und selbst ein leises Quietschen wäre im dröhnenden Lärm des Gewitters untergegangen.

Der Sicherheitsbeamte im Büro an der Pforte bemerkte *ihn* nicht. Wenn *er* es nicht wollte, bemerkte *ihn* niemand. *Sein* Blick glitt an dem mächtigen, drohend in den Nachthimmel hinaufragenden Apartmenthaus hoch. Der kühle Augustregen prasselte in *sein* Gesicht, bahnte sich seinen Weg am Kragen *seines* schwarzen Mantels vorbei und lief in kleinen Rinnsalen *seinen* Körper hinab. Mit schlafwandlerischer Sicherheit fanden kalte Augen das Fenster, das *er* suchte. Ein Gedanke genügte, und ächzend schob sich das untere Ende der Feuerleiter herab, bis die erste Sprosse direkt vor *ihm* innehielt.

Er begann, das Gebäude langsam, aber zielsicher zu besteigen.

Abby stellte die letzte Kerze auf den kleinen Altar, den sie in der Mitte ihres Wohnraumes aufgebaut hatte. Mit einem Streichholz zündete sie die Lichter in der Reihenfolge an, die schon seit Jahrhunderten von den Schwestern vorgegeben wurde. Sie faltete ihre Beine unter ihrem Körper in einer schwierigen, aber bequemen Variante des Schneidersitzes ein. Ihre sanften braunen Augen erfaßten die Runen, die in das dunkle Holz des Tisches eingelassen waren.

Sie zelebrierte diese Zeremonie einmal im Monat. Es war keine große Sache, in jedem Esoterik-Laden konnte man Taschenbücher mit Anleitungen für dieses Hexengebet kaufen. Aber wenn man wirklich zu den auserwählten Schwestern gehörte, konnte die Anrufung helfen, Kraft zu sammeln, sich zu konzentrieren und von der universellen Macht zu kosten. Und nachdem sie Andrew endgültig aus ihrem Leben verbannt hatte, konnte Abby ein wenig magische Aufmunterung gut gebrauchen.

Sie schloß die Augen und begann mit der Inkantation: »Abudedomei, großer Alter in den Tiefen der Erde, Herr über Sonne und Mond, ich empfange dich in meiner Hexenwelt, in meinem Zirkel, und ich bitte dich, mir deinen Schutz anzugedeien.«

Er hatte sein Ziel erreicht. Im fünfzehnten Stock des Hauses stand *er* vor dem Küchenfenster und blickte vorsichtig hinein. Der Riegel ließ sich einfach umlegen. *Seine* Bewegungen waren lautlos und fließend, *seine* Schritte auf dem Küchenboden nicht zu vernehmen. Jetzt nahm *er* den leisen Singsang der Hexe wahr. Das war gut, in meditativer Trance war sie um so leichter zu überwältigen. *Er* knöpfte *seinen* Mantel auf, als er das Wohnzimmer betrat. Sie saß mit dem Rücken zu *ihm* vor ihrem Altar, wohl in dem Glauben, durch ihre weiße Hexenmacht geschützt zu sein.

Er zog seinen Dolch.

Wenn sie sich in Trance befand, war die Welt um Abby herum still und warm. Sie sah wunderschöne Pastellfarben, und immer wieder schwebten Szenen aus ihrer Vergangenheit, ihrer Gegenwart und ihrer Zukunft an ihr vorbei. Die Bilder flossen ineinander, bildeten neue Formen, um sich dann, wie ein guter Wein, in Harmonie und Vertrauen in ihrem Körper niederzulassen.

Doch diesmal stimmte etwas nicht. Die Bilder wirkten verzerrt, als sei der Kontakt zur anderen Welt gestört. Abby versuchte sich stärker zu konzentrieren; ihr Gesang wurde intensiver. Doch die Lichter ihrer Traumwelt schienen zu flackern wie Kerzen im Sturm, und mit einem Mal brach ein großer Schatten über sie herein. Angst! Gefahr!

Abby Stark schlug die Augen auf. Normalerweise war es gefährlich, eine Zeremonie so abrupt abzubrechen, aber sie war lang genug den weißen Mächten zu Dienste gewesen, um zu wissen, wann sie ihrem Instinkt folgen mußte. Die Bilder aus der anderen Welt verflogen augenblicklich.

Ihr Apartment lag dunkel und still, nur das Licht der Kerzen vor ihr tanzte unruhig. Die Geräusche des Sturms schienen auf einmal lauter aus Richtung der Küche zu ihr durchzudringen. Doch sie wußte, daß sie das Fenster eben erst geschlossen hatte ...

Mit einem Ruck stand Abby auf und drehte sich um. In diesem Augenblick teilte ein greller Blitz den Himmel über San Francisco, und die junge Hexe konnte einen kurzen Blick auf den Eindringling werfen, der durchnäßt und bedrohlich vor ihr stand.

Obwohl ihr der Schreck noch in den Gliedern steckte, verspürte sie Wut in sich hochsteigen. »Was machst du denn hier?«

Sie hatte ihn unmißverständlich wissen lassen, daß er sich nicht mehr blicken lassen sollte. Und wenn, dann nicht nachts. Und wenn nachts, dann nicht ohne Voranmeldung. Sie sah ihn herausfordernd an.

Er antwortete nicht und erhob statt dessen einen Dolch. Ihre Augen weiteten sich in Panik. *Er* stach zu.

Morgana fauchte.

Piper schüttelte sich wie ein Hund, als sie aus dem strömenden Regen in das Haus trat. Trotz des Schirms war sie pudelnaß geworden. Sie klappte das unbrauchbare Monstrum zusammen und steckte es in die große alte Vase, die in der Eingangshalle stand. Sie hatte ihren Mantel kaum ausgezogen, als sie auch schon die Stimme ihrer Schwester aus dem großen Wohnzimmer hörte: »Piper, stell nicht schon wieder den Schirm in die Vase. Das ist ein Original aus der Zeit der Französischen Revolution. Ich habe den Messingbottich nicht ohne Grund gekauft.«

Piper seufzte und verstaute den Schirm an anderer Stelle. Prue war die Ältere der Halliwell-Schwestern, und so benahm sie sich auch.

Während sie ihren Mantel aufhängte, fuhr sich Piper mit den Fingern durch das glatte braune Haar, das bis auf ihre Schultern herabhing. Zum tausendsten Mal dachte sie daran, beim Friseur endlich mal auf einen etwas pfiffigeren Haarschnitt zu bestehen, aber sie wußte, daß das nicht viel nützen würde. Sie war und blieb die Unscheinbare des Halliwell-Trios, denn sie hatte weder das selbstbewußte Auftreten von Prue, noch den selbstverliebten Glamour von Phoebe. Piper seufzte.

Sie betrat das Wohnzimmer durch die doppelflügelige Tür. Der Raum glich mehr dem Lesezimmer einer antiken Bibliothek, denn das Haus war zu einer Zeit erbaut worden, da man mit Platz noch verschwenderisch umzugehen pflegte. Deshalb wirkte Prue auf der riesigen Leiter, die zu dem Kronleuchter an der Decke führte, auch wie eine Bergsteigerin in einem Massiv. Piper trat hinzu: »Tut mir leid, daß ich ein bißchen spät dran bin«, rief sie ihrer Schwester zu, die verzweifelt, aber erfolglos an den Glühbirnen fummelte.

»Ist ja keine Überraschung«, murmelte Prue, während sie sich weiter auf den Leuchter konzentrierte. Dann besann sie sich und blickte von ihrer erhöhten

Position zu ihrer Schwester hinunter: »Ich würde ja selbst auf den Elektriker warten, aber du weißt, was wir vereinbart hatten.«

Piper blickte schuldbewußt und demütig nach oben wie zu einem Christus am Kreuz. »Tut mir wirklich leid, aber ich wurde so lange in Chinatown aufgehalten. Hat Jeremy angerufen?« Ihr Augen funkelten gespannt.

Prue seufzte. Das Verantwortungsbewußtsein ihrer Schwester ging gegen Null. Nur Phoebe war diesbezüglich noch schlimmer, aber die war ja Gott sei Dank in New York. »Nein, aber er hat Rosen und ein Päckchen schicken lassen. Steht auf der Anrichte. Was hattest du in Chinatown zu suchen?«

Mit Begeisterung packte Piper die Rosen aus und stellte sie in eine Vase. Dann öffnete sie den Karton und nahm erfreut eine Flasche Portwein heraus. Erst nach Minuten erinnerte sie sich an die Frage ihrer Schwester: »Was? Oh, ich habe die Zutaten für mein morgiges Bewerbungsessen gekauft.«

»Und jetzt hast du alles zusammen, um den Chefkoch aus den Socken zu hauen?«

Piper strahlte und hielt triumphierend die Flasche hoch, die Jeremy ihr geschickte hatte. »Nein, das hier fehlte noch. Die Zutat, die aus meinem Essen ein Festmahl macht.«

Prue stieg die Leiter herab und las das Etikett der Flasche: »Dein Freund schickt dir Portwein?«

»Den besten. Mit dem Tropfen ist mir der Job so gut wie sicher!«

»Das nenne ich einen Mann mit dem Gespür für das Wesentliche.«

Piper ließ sich durch Prues Spitzen nicht verunsichern. Trotz oder gerade wegen ihrer harten Schale hatte Prue auch kein Glück bei den Männern. Ihrer Erinnerung nach war es allerdings das erste Mal, daß sie selbst »vergeben« war, während Prue ihre Abende allein verbrachte.

Die älteste der Halliwell-Schwestern blickte zweifelnd zur Decke. Sie hatte überhaupt keine Lust, noch einmal an den maroden Leitungen zu rütteln, in der Hoffnung, das antike Stück wieder seiner Bestimmung, der stilgemäßen Beleuchtung des Raumes, zuführen zu können. Bei ihrem Glück würde gerade in dem Moment ein Blitz einschlagen und sie in ein Grillwürstchen verwandeln.

Piper stellte die Flasche beseite. Dabei fiel ihr Blick auf ein altes Holzbrett, das halbkreisförmig mit seltsamen Symbolen und den Buchstaben des Alphabets bemalt war. Ihre Augen weiteten sich: »Oh, mein Gott. Das kann doch nicht wahr sein. Ist das wirklich unser altes Ouija-Brett?«

Prue wischte sich die Hände an der Hose ab, ließ die Leiter links liegen und stellte sich neben ihre Schwester: »Ja, ich hab's im Keller gefunden, als ich nach dem Spannungsmesser gesucht habe.«

Piper fuhr mit den Fingern über die Oberfläche, nahm das Brett dann hoch und drehte es um, um die Inschrift auf der Rückseite zu lesen: »Für meine drei wunderschönen Töchter. Möge dies euch das Licht bringen, um die Schatten zu bekämpfen. Die Macht der 3 macht euch frei. In Liebe, Mom.«

Sie kräuselte die Stirn: »Wir haben nie rausgefunden, was sie uns damit sagen wollte.«

Prue nahm ihr das Brett ab und legte es zur Seite. »Wir sollten es Phoebe schicken. Die tappt so sehr im dunkeln, daß ihr ein bißchen Erleuchtung ganz gut tun würde.«

»Du bist immer so hart, wenn es um Phoebe geht«, protestierte Piper.

Prue verzog das Gesicht: »Hart? Piper, das Mädchen hat überhaupt keinen Antrieb, keine Vorstellung davon, was morgen sein soll!«

»Ich glaube wirklich, sie ist auf dem richtigen Weg.«

»Solange dieser Weg sie nicht hierher führt, soll mir das recht sein.«

Piper überhörte den sarkastischen Unterton, den Prue an den Tag legte, wenn es um das »Nesthäkchen« der Halliwells ging, und biß sich auf die Zunge. Dies war wohl nicht der richtige Augenblick, um Prue die Neuigkeit mitzuteilen.

Der Regen schien kein Ende nehmen zu wollen. Mißmutig stieg Inspector Andy Trudeau aus seinem Wagen. Er machte sich gar nicht erst die Mühe, eine Mütze aufzusetzen oder einen Schirm aufzuspannen. Die Wassermassen durchdrangen einfach alles.

Das Licht der Polizeiwagen drang nur trübe durch die Nacht. Die Kollegen von der Streife und der Spurensicherung hatten das Apartmenthaus bereits abgeriegelt.

Trudeau war noch vergleichsweise jung für den Rang eines Inspectors, aber er hatte sich den Job hart verdient. Sein Spürsinn galt als legendär, und sein Instinkt täuschte ihn nur selten. Noch bevor er den Tatort gesehen hatte, ahnte er, was ihn hier erwartete.

Trudeaus Partner Daryl Morris war bereits im Apartment im fünfzehnten Stock und nahm die Zeugenaussagen einiger Nachbarn auf. Beamte des SFPD suchten nach Spuren, und ein Gerichtsmediziner deckte gerade eine Plastikplane über einen leblosen Körper.

Daryl sah auf, als Andy den Raum betrat: »Da bist du ja endlich.«

Der junge Inspector bemühte sich, so unbeteiligt wie möglich zu wirken. »Ich habe mich sofort auf den Weg gemacht, als ich deine Nachricht bekommen habe. Eine weitere Tote, Mitte 20, stimmt's?«

»Ich habe dich seit einer geschlagenen Stunde angepiept. Wo bist du gewesen?«

»Sorry, aber ich bin einer Spur nachgegangen.«

»Was für einer Spur?«

»Das willst du gar nicht hören. Ich war in einem Laden für Okkultismus.«

Daryl verdrehte die Augen. Das hatte ihm gerade noch gefehlt. »Du haßt mich, oder? Du willst mich leiden sehen.«

Andy blickte seinem Partner direkt in die Augen. »Ich will diesen Fall lösen. Irgend jemand da draußen macht Jagd auf ... Hexen.«

Daryl konnte nicht glauben, was er da hörte. »Hexen?«

Andy nickte kurz und drehte sich dann um, weil er einen genaueren Blick auf das Apartment werfen wollte. »Ich vermute, er hat sie mit einem Affame getötet.«

»Falsch«, konterte Daryl triumphierend, »es war eine zweischneidige Klinge, Dolch oder Messer.«

Andys Augen streiften durch die Wohnung. »So was nennt man ein Affame. Eine Zeremonienwaffe, die Hexen verwenden, um Energien umzuleiten.«

Daryl schüttelte den Kopf, immer noch nicht bereit, sich auf diesen Humbug einzulassen. »Die Frau da hinten hat gar nichts umgeleitet. Sie wurde erstochen, Ende der Geschichte.«

»Wurde sie in der Nähe eines Altars gefunden?«

Daryl wandt sich ein wenig, bevor er antwortete: »Ja.«

»War der Altar mit Zeichen verziert?«

Andys Partner atmete tief durch. »Tu mir bitte einen Gefallen: Gehe vorläufig keinen Spuren mehr nach, ohne mit mir Rücksprache zu halten, okay?«

Trudeau setzte gerade zu einer Entgegnung an, als er seinen Namen hörte. Er drehte sich um. Ein gutaussehender junger Mann kam auf ihn zu. »Inspector Trudeau? Ich bin Jeremy Burns vom San Francisco Chronicle. Können Sie mir was zu dem Fall sagen?«

Nach einem kurzen Seitenblick auf Daryl gab Andy dem Reporter die offizielle Version: »Eine Frau wurde erstochen, Ende der Geschichte.«

Die Antwort schien Burns weder zu überraschen noch aufzuhalten. »Das ist dann ja die Dritte in drei Wochen.«

Andy biß sich auf die Zunge. Der Schreiberling hatte recht, und wenn er seinen Job gut machte, würde er bald zu demselben Schluß kommen wie er selbst.

Und *diese* Schlagzeilen mochte sich Andy gar nicht vorstellen.

Prue blickte frustriert zum Kronleuchter hinauf. Sie war nahe dran, aufzugeben. »Es gibt eigentlich keinen Grund, warum dieses Mistding nicht funktioniert.«

Piper trippelte nervös auf der Stelle herum. Sie hatte sich entschlossen, ihrer Schwester nun doch zu beichten. »Erinnerst du dich an unser Gespräch über einen möglichen Untermieter für das Gästezimmer, um die Kosten für das Haus zu verringern? Ich glaube, du hast völlig recht mit der Idee.«

Sie drückte sich innerlich die Daumen in der Hoffnung, daß Prue den Köder schlucken würde.

Die älteste der Halliwell-Schwestern nickte gedankenverloren, den Blick immer noch auf den Kronleuchter gerichtet. »Nun ja, wir könnten gegen eine geringere Miete ein wenig Mitarbeit im Haus verlangen.«

Nun fand es Piper an der Zeit, die Katze langsam aus dem Sack zu lassen: »Phoebe ist handwerklich sehr geschickt.«

Jetzt sah Prue ihre Schwester direkt an, und Argwohn schlich sich in ihren Blick. »Aber Phoebe ist in New York.«

Piper sah betreten zu Boden. »Nicht mehr.«

»Was?« Prue schwankte sichtlich zwischen Erstaunen und Erschütterung.

Piper knetete ihre Hände. »Sie hat New York verlassen und zieht wieder hier ein.« So! Jetzt war es raus!

Einen Moment lang herrschte eisige Stille. Piper hatte geahnt, daß Prue auf die Neuigkeit nicht gut reagieren würde.

Und sie hatte recht. Prue stieß geräuschvoll die Luft aus und machte abrupt kehrt, um in Richtung Küche zu marschieren. »Du machst wohl Witze.«

Piper folgte ihr. »Ich konnte ja wohl schlecht nein sagen. Sie hat das Haus genauso geerbt wie wir.«

Prue konnte ihre Wut kaum im Zaum halten, und ihre Augen funkelten. »Das ist Monate her. Und seitdem haben wir nichts mehr von ihr gehört.«

Piper bereute, die Sache so lange vor sich hergeschoben zu haben. »Du vielleicht. Ich habe mit ihr gesprochen.«

Die beiden Schwestern waren jetzt in der Küche angekommen, die zwar altmodisch, aber verschwenderisch eingerichtet war. Prue trat ganz nah an ihre jüngere Schwester heran: »Du weißt sehr gut, warum ich sauer auf Phoebe bin.«

Piper hatte gehofft, dieses heikle Thema vermeiden zu können. »Ja klar, aber sie weiß doch nunmal nicht, wohin. Sie hat ihren Job verloren, und Schulden hat sie auch.«

Prue lachte kurz und bitter auf. »Als ob das was Neues wäre. Wie lange weißt du eigentlich schon davon?«

Piper trat wieder auf der Stelle. »Nur ein paar Tage. Na ja, eine Woche. Zwei Wochen, höchstens.«

Prue wurde jetzt langsam richtig wütend. »Danke,

daß du mich auf dem laufenden hältst. Wann wird sie hier eintreffen.«

Piper hatte sich die Antwort auf diese Frage schon zurechtgelegt, bekam aber nicht einmal mehr den Mund auf.

Ein Schlüssel drehte sich im Schloß der großen Eingangstür, und im nächsten Moment stand sie schon in der Tür: Phoebe. Jung, lebenshungrig, leichtsinnig und sexy für drei.

Triumphierend hielt sie den Ersatzschlüssel für das Haus in die Höhe: »Ich habe ihn gefunden. Er lag immer noch am selben Platz.«

Während Prue wie vom Donner gerührt dastand, ging Piper begeistert auf ihre jüngere Schwester zu und nahm sie in den Arm. »Phoebe! Es ist so schön, dich zu sehen.« Sie warf Prue einen kritischen Blick zu. »Nicht wahr, Prue?«

Prues Gesicht blieb starr. »Ich bin sprachlos.«

In diesem Moment ertönte von draußen das ungeduldige Gehupe eines Autos.

»Ups«, kicherte Phoebe, »jetzt habe ich doch glatt das Taxi vergessen.«

»Ich erledige das«, rief Piper und griff sich auf dem Weg nach draußen eine Handtasche.

»Warte, das ist meine!« rief Prue hinterher, aber es war schon zu spät. Sie seufzte. Das fing genau so an, wie sie befürchtet hatte.

Wenn es um Phoebe ging, hatte Prue schon immer die Rechnung bezahlen müssen – in jeder Beziehung.

Die jüngste der Halliwell-Schwestern trat jetzt näher. Sie spürte Prues Ablehnung und stellte unsicher die Reisetasche ab. »Danke, ich zahle es dir natürlich zurück.«

Prue nahm das gar nicht zur Kenntnis. »Ist das alles, was du mitbringst?«

Phoebe sah auf ihre Tasche und dann wieder zu ihrer Schwester. »Das ist alles, was ich besitze. Na ja, und das Fahrrad.«

Einen Moment lang herrschte betretene Stille zwischen den jungen Frauen. Phoebe versuchte es diplomatisch: »Hör zu, ich weiß, daß du mich hier nicht haben willst ...«

Prue schnitt ihr das Wort ab: »Wir werden Großmutters Haus *nicht* verkaufen.«

Phoebe fiel förmlich die Kinnlade aufs Knie. Ihre Stimme klang verletzt, als sie antwortete: »Denkst du, ich bin deshalb zurückgekommen?«

»Der einzige Grund, weshalb Piper und ich unser Apartment in der Innenstadt aufgegeben haben, um hier wieder einzuziehen, ist die Tatsache, daß dieses Haus seit Generationen der Familie gehört hat.«

Phoebes Überraschung wich jetzt waschechtem Ärger. »Danke, aber ich habe keinen Geschichtsunterricht nötig. Ich bin ebenfalls hier aufgewachsen, falls du das schon vergessen haben solltest. Können wir vielleicht über die Sache reden, um die es hier wirklich geht?«

Prue verschränkte die Arme vor der Brust. »Nein, ich bin immer noch sauer auf dich.«

»Du hättest also lieber eine unter der Oberfläche brodelnde Familienzusammenführung mit belanglosem Geplauder?«

»Nicht unbedingt, aber ansonsten haben wir ja keine gemeinsamen Gesprächsthemen.«

Das war zuviel. »Ich habe Roger niemals angefaßt«, zischte Phoebe.

Prue trat einen Schritt zurück und hob abwehrend die Hände, aber Phoebe kam gerade in Fahrt: »Ich weiß, du glaubst mir nicht, weil dieser Armani-tragende, Chardonnay-trinkende und Erbschaft-verschwendende Schleimbolzen etwas anderes behauptet hat.«

Prue hob gerade zu einer passenden Antwort an, als Piper wieder hereinstürmte und ihr in die Parade fuhr: »Hey, ihr zwei. Ich habe eine tolle Idee. Wie wäre es, wenn ich uns ein ganz tolles Familienessen zaubere?«

Prue wollte nicht in Gegenwart von Piper streiten. »Keinen Hunger. Ich gehe auf mein Zimmer.« Sie ging in Richtung Treppe davon. Gleichzeitig marschierte Phoebe mit den Worten »Ich sehe mal nach dem Fahrrad« in Richtung Tür.

Wie so oft in der Geschichte der Halliwell-Familie fühlte sich Piper als fünftes Rad am Wagen. Sie seufzte: »Also gut, dann umarmen wir uns eben später.«

»Ich stehe hier vor einem Apartment-Gebäude an der Ecke Achte Straße und Franklin, wo sich heute ein Mord zugetragen hat«, tönte es aus dem kleinen Fernseher im Gästezimmer. Phoebe sah lustlos vom Bett aus zu. Sie beneidete die Reporterin nicht, bei diesem Wetter eine Außenreportage abliefern zu müssen. Frostiger als hier im Halliwell-Haus war es draußen allerdings wahrscheinlich auch nicht.

Es klopfte leise an der Tür, gefolgt von Pipers scheuem: »Ich bin's.«

»Komm rein«, seufzte Phoebe, ohne den Blick vom Fernseher abzuwenden.

Ihre Schwester trat mit einem Tablett ein, auf dem sich ein Teller mit Essen und ein Glas befand. Sofort besserte sich Phoebes Laune merklich: »Klasse, ich verhungere schon.«

Piper lächelte. »Das hatte ich mir schon gedacht.«

Sie stellte das Tablett auf dem Bett ab, und Phoebe machte sich sofort darüber her. Dann bemerkte Piper die Reportage im Fernsehen und den jungen Mann, der im Hintergrund stand und einen Polizisten interviewte. »Hey, das ist Jeremy, mein Freund.«

Phoebe sah wieder zur Mattscheibe, während sie das Essen in sich hineinstopfte. »Um was geht's denn?«

Piper konzentrierte sich auf den Bericht. »Sieht aus, als wäre wieder jemand ermordet worden.«

Für einen Moment stellte Phoebe das Kauen ein. »Ermordet? Mann, das ist ja was.«

Piper tat überrascht. »Ich dachte, du hast in New York gelebt?«

Phoebe nickte. »Und da hätte ich wohl besser auch bleiben sollen. Warum hast du Prue eigentlich nicht erzählt, daß ich zurückkomme?«

»Damit hätte ich nur eine Endlosdebatte heraufbeschworen. Außerdem hätte das wohl deine Aufgabe sein sollen.«

Phoebe legte die Gabel beseite. »Es fällt mir immer so schwer, mit Prue zu reden. Sie benimmt sich nicht wie eine Schwester, sondern wie eine Mutter.«

Piper seufzte zustimmend. »Das ist nicht ihre Schuld. Du weißt, daß sie praktisch ihre eigene Jugend aufgeben mußte, um uns aufzuziehen, weil Großmutter ...«

Sie brach ab, weil Phoebe die Leier mittlerweile schon im Schlaf aufsagen konnte. Sie versuchte es anders: »Wir hatten es immer sehr leicht. Wir konnten Kinder sein, während es ihre Aufgabe war ...«

Phoebe unterbrach sie erneut: »Alles gut und schön, aber ich brauche keine Mutter mehr! Ich brauche eine Schwester!«

Wie auf Kommando klopfte es, und Prue steckte den Kopf zur Tür herein. Sie betrat den Raum, als sie sah, daß sie keinen privaten Moment störte, und legte ein paar extra Decken auf das Bett mit den Worten: »Das war immer der kühlste Raum hier im Haus.«

Piper war verblüfft, und auch Phoebe klang überrascht: »Danke.«

Daryl Morris studierte die Unterlagen der Gerichtsmedizin und der Spurensicherung. »Sie hatte dieselbe Tätowierung wie die anderen Opfer. Keine Frage: Da hat es jemand auf Sektierer abgesehen.«

Andy Trudeau sah von seinem Schreibtisch auf. »Falsch. Jemand ist auf Hexenjagd.«

Daryl stöhnte. Nicht das schon wieder. »Klar, und der Täter ist 500 Jahre alt und kommt aus Salem.«

Er setzte sich auf die Schreibtischkante und sah Andy direkt in die Augen. »Schau dir doch mal die Fakten an: Pentagramme, Altäre, Opferdarbietungen.

Wie geschaffen für Hokuspokus. Die hatten doch alle einen Riß in der Schüssel.«

Andy schüttelte vehement den Kopf. »Das sind alles Zeremoniengegenstände für einen Sabbat. Und Abby Stark war nicht verrückt; sie war eine Einzelgängerin, die ihrer Hexenkunst allein nachging.«

Er sah, daß Daryl so nicht zu überzeugen war, also versuchte er es mit einem anderen Ansatz: »Daryl, glaubst du an UFOs?«

Sein Partner schnaubte verächtlich: »Kein bißchen.«

Andy nickte. »Ich auch nicht. Glaubst du, daß es Leute gibt, die an UFOs glauben?«

»Klar, aber die sind doch alle geistesgestört.«

»Warum bist du dann nicht bereit zu akzeptieren, daß sich manche Menschen für Hexen halten?«

Daryl atmete tief durch. »Ich weiß vor allem eins: Wenn du mit dem Gequatsche von Hexen nicht aufhörst, dann verhöre ich als nächstes die da.«

Er deutete auf die Siamkatze, die Andy vom Tatort mitgebracht hatte. Dann drehte er sich um und machte sich auf den Weg zum Kaffeeautomaten. »Paß auf, das Vieh hat schon dem halben Revier die Hände zerkratzt.«

Andy sah die Katze an, die friedlich vor ihm saß. Als er sie schließlich hochnahm, fiel ihm ein Medaillon auf, das an einem kleinen Lederband um den Hals des Tieres hing. Darauf befand sich ein Zeichen, das in etwa wie eine Kugel aussah, die von drei nach außen gekehrten Halbkreisen durchschnitten wurde.

Piper und Phoebe saßen vor dem Ouija-Brett, das sie mehr aus Langeweile denn aus wirklichem Interesse hervorgekramt hatten.

»Ich finde es wirklich gut, daß du noch mit Jeremy zusammen bist«, sagte Phoebe. »Wie hast du ihn eigentlich kennengelernt?«

Piper freute sich sichtlich, die Geschichte mal wieder erzählen zu können. »Wir trafen uns im Krankenhaus, an dem Tag, an dem Großmutter eingeliefert wurde. Er recherchierte für eine Story, und ich beschmierte mir gerade die Finger mit einem Donut.«

Phoebe grinste. »Wie romantisch.«

Piper überhörte diesen Kommentar. »Das war es auch. Er hatte seine Telefonnummer draufgeschrieben.«

Phoebe kicherte. Dann wandte sie sich wieder dem Ouija-Brett zu, auf dem die beiden jungen Frauen den Zeiger mit ihren Fingerspitzen hin- und herschoben.

»Hey«, protestierte Piper, »du schiebst!«

»Tu' ich nicht«, verteidigte sich Phoebe.

»Du warst doch immer die, die den Zeiger schubst«, erweiterte Piper die Anklage. Dann ließ sie das Thema wieder ruhen. »Noch was Popcorn?«

Phoebe nickte, und Piper machte sich auf den Weg in die Küche. Aus der Halle rief sie zurück: »Was fragst du das Brett überhaupt?«

Phoebe genoß ihre Antwort sichtlich. »Ich will wissen, ob Prue dieses Jahr noch mit jemand anderem als mit sich selbst Sex haben wird.«

»Das ist gemein«, ließ sich Piper aus der Küche vernehmen, obwohl sie grinsen mußte.

Phoebe ließ ihre Fingerspitzen locker auf dem steinernen Zeiger liegen, ganz wie es die Anleitung erklärt hatte. Ihre Lippen formten ein unhörbares »Bitte sag ja«. Mit einem Ruck riß es den Zeiger beseite, und zwar so heftig, daß Phoebe das Gefühl hatte, den Kontakt zu ihm zu verlieren.

Das verdammte Ding hatte sich von selbst bewegt!

Sie atmete hörbar aus.

Der Zeiger lag jetzt still, direkt auf dem S.

»Piper?«, rief Phoebe unsicher.

Da!

Er bewegte sich wieder, diesmal direkt zum P.

Jetzt rief Phoebe lauter und drängender: »PIPER! Komm sofort her!«

Mit der Popcornschachtel in der Hand kam Piper hereingelaufen, sichtlich erschreckt. »Was? Was hast du gemacht?«

»Ich habe gar nichts gemacht«, stammelte Phoebe, während sie unverwandt auf den Zeiger starrte. »Der Zeiger auf dem Ouija-Brett hat sich von selbst bewegt!«

Piper bedachte sie mit ihrem mitleidigen »Was soll denn der Unsinn?«-Blick, den Phoebe im Moment gar nicht brauchen konnte. »Wirklich, Piper. Er hat S und P angezeigt!«

»Hast du den Zeiger vielleicht selbst bewegt?«

»Nein!«

»Du hast den Zeiger früher immer selbst bewegt, Phoebe.«

»Meine Finger haben das Ding kaum berührt. Hier, schau selbst.«

Sie legte die Fingerspitzen an den Zeiger und konzentrierte sich.

Drei, vier Sekunden. Nichts geschah. Piper hob die rechte Augenbraue und drehte sich wieder in Richtung Küche. In diesem Moment ruckte der Zeiger direkt auf das E.

»Da! Schon wieder!«, keuchte Phoebe, aber sie ahnte, daß Piper im entscheidenen Moment nicht hingesehen hatte. Es war wie verhext.

Piper glaubte zwar nicht an die Mächte des Ouija-Bretts, aber ihr entging nicht, daß Phoebe wirklich verängstigt aussah. Sie nahm das Brett erneut in Augenschein.

Ein weiteres Mal ruckte der Zeiger, diesmal auf das I, und diesmal war klar, daß Phoebe nichts damit zu tun haben konnte.

»Da! Jetzt hast du es auch gesehen, oder?«

»Ich glaube schon.« Piper wehrte sich noch immer, das soeben Beobachtete anzuerkennen.

»Ich schwör' dir, ich habe den Zeiger nicht bewegt.«

Unschlüssig standen die beiden Halliwell-Schwestern da, und es war Phoebe, die sich schließlich entschloß, das zu tun, was sie seit Kindestagen in solchen Situationen getan hatten: »Prue, kannst du mal schnell kommen?«

Prue hatte offensichtlich an etwas Wichtigem gearbeitet, denn ihr Gesicht trug einen genervten Ausdruck, als sie das Wohnzimmer betrat: »Was ist denn jetzt schon wieder?«

Piper deutete scheu auf das Brett: »Ich glaube, es will uns etwas sagen.«

Prue wollte gerade zu einer harschen Entgegnung ansetzen, als das Brett erneut zum Leben erwachte, diesmal gleich viermal in Folge. Phoebe schnappte sich nun einen Bleistift und ein Blatt Papier, um die Buchstaben in der richtigen Reihenfolge zu notieren.

S-P-E-I hatten sie schon gehabt, jetzt kam noch C-H-E-R dazu.

»Speicher«, flüsterte Piper atemlos.

»Findest du nicht, daß du eine wenig übertreibst?« fragte Prue, während Piper hastig einige Utensilien in ihrer Handtasche verstaute. »Uns kann hier doch gar nichts passieren.«

Piper hielt inne und hob abwehrend die Hände. »Wer das sagt, ist in Horrorfilmen immer als nächster dran.«

Prue seufzte vernehmlich. »Es regnet in Strömen, da draußen tobt ein Tornado. Jeremy ist vielleicht noch nicht mal zu Hause.«

Da hatte sie recht. Piper dachte einen Moment lang nach. »Dann werde ich eben im Taxi auf ihn warten, bis er heimkommt.«

Prue verschränkte die Arme vorder Brust. »Das wird dann ja ein billiger Abend.«

Doch Piper ließ sich nicht beruhigen. »Prue, ich habe *gesehen*, wie sich der Zeiger bewegt hat – von allein!«

Wie eine Lehrerin, die ein begriffsstutziges Kind vor sich hat, formulierte Prue die nächsten Sätze sehr langsam und eindringlich: »Was du gesehen hast, waren Phoebes Finger, die den Zeiger bewegt haben.

Es ist nichts auf dem Dachboden, vor dem wir uns fürchten müßten. Unsere Schwester hat sich einen bösen Scherz erlaubt.«

Piper wurde zunehmend verzweifelt. »Woher willst du das wissen? Wir leben jetzt schon seit Monaten in diesem Haus, und es ist uns immer noch nicht gelungen, die Tür zum Speicher zu öffnen.«

Wie zur Bestätigung dieser beunruhigenden Tatsache fielen in diesem Moment die Lichter aus, und Piper war nahe dran, die Nerven endgültig zu verlieren. »Oh Gott, jetzt sitzen wir in der Falle!«

Prue, die noch nie an solchen spirituellen Unsinn geglaubt hatte, schüttelte energisch den Kopf. »Die Sicherung ist durchgebrannt. Wir müssen in den Keller.«

Das war zuviel für Piper. »In den Keller? Soll das ein Witz sein?«

»Nein, du wirst die Taschenlampe halten, während ich die neue Sicherung reindrehe.«

Piper schüttelte entschlossen den Kopf. In diesem Moment kam Phoebe vorbei, und Piper entschloß sich, die Aufgabe abzuschieben. »Phoebe kann mit dir in den Keller gehen.«

Doch das Nesthäkchen der Halliwells winkte ab. »Keine Chance, ich gehe auf den Speicher.«

Prue war jetzt sichtlich genervt. »Wir hatten uns doch geeinigt, nicht auf den Dachboden zu steigen.«

Phoebe lächelte dünn. »Nein, *du* hast das entschieden. Ich werde nicht darauf warten, daß irgendein Handwerker nachsieht, und schon gar nicht erst morgen. Ich gehe jetzt.«

Sie nahm entschlossen die ersten Stufen in Richtung Dachgeschoß, während Prue die Tür zur Kellertreppe öffnete und dahinter verschwand.

Piper drehte sich langsam im Kreis. Das paßte ihr nicht. Das paßte ihr gar nicht. Sie hatte die Wahl zwischen Dachboden (unbekanntes Grauen), Keller (bekanntes Grauen) und allein sein (bodenloses Grauen).

Nach fünf Sekunden folgte sie ihrer ältere Schwester auf Zehenspitzen. »Prue, warte!«

Manchmal ging Phoebe die Hasenfüßigkeit ihrer Schwestern ganz schön auf die Nerven. Klar, die Sache mit dem Ouija-Brett war unheimlich, aber doch allenfalls ein Grund mehr, endlich mal auf dem Dachboden nach dem Rechten zu sehen.

Sie stand vor der Tür, die zum Speicher führte, der Knauf schien fast warm zu sein, als sie in anfaßte und herumdrehte. Die Tür ging nicht auf. Phoebe hatte nicht den Eindruck, daß sie abgeschlossen war. Es schien eher, als würde sie von innen zugehalten.

Sie zuckte mit den Schultern. Dann eben nicht. Vermutlich war eine Umzugskiste umgefallen und versperrte jetzt den Zugang. Sie drehte sich um und ging wieder in Richtung Treppe.

Plötzlich vernahm sie ein leises Knarren. Sie drehte sich um. Wie von Geisterhand schwang die eben noch versperrte Tür nach innen und stand nun, halb höhnisch, halb einladend einen großen Spalt breit offen.

Phoebe runzelte die Stirn. Okay, das war schon unheimlich. Aber sie hatte in New York Discos gesehen, die furchterregender waren. Entschlossen betrat sie den Dachboden.

In vielerlei Beziehung war der Speicher ziemlich genau das, was man sich unter einem Speicher vorstellte: viele verstaubte Kisten, eine alte Schaufensterpuppe, ein verrotteter Sonnenschirm, Werkzeug, ein alter Kleiderständer. Die Dielen knarzten, als Phoebe eintrat, und im Licht, welches durch die Fenster hineinschien, konnte man den Staub der letzten Jahrzehnte aufwirbeln sehen.

Doch weiter hinten, direkt vor dem großen Bogenfenster unter dem vorderen Dachgiebel, zog etwas Phoebes Aufmerksamkeit auf sich. Es war eine Truhe, die von dem Fenster wie von einem Heiligenschein umrahmt wurde. Das trübe Licht der Straßenlaternen schien sich genau über dieser Kiste zu konzentrieren und erzeugte eine fast hypnotische Wirkung.

Phoebe trat näher heran. Diese Truhe hatte sie noch nie gesehen. Kein Wunder, denn sie war auch noch nie auf dem Dachboden gewesen. Vorsichtig hob sie den Deckel an. Die Kiste war nicht verschlossen.

Im Innern befand sich eine Lage Segeltuch, auf dem gut gepolstert ein Buch lag. Aber es war nicht irgendein Buch, dieses war aus Leder mit metallenen Verzierungen und aufwendigen Intarsien. Auf dem Einband befand sich auch ein seltsames Ornament, das Phoebe an einen Kreis erinnerte, der von ein paar halbrunden Linien durchteilt wurde.

Sie hob das Buch aus der Kiste. Erst jetzt konnte sie erkennen, daß es eine Aufschrift trug. Die Schrift wirkte altertümlich, war aber trotzdem klar lesbar.

»Buch der Schatten«, las Phoebe laut.

Vorsichtig schlug sie die erste Seite auf. Mehr alte Schrift, eine Art Vorwort, umgeben von Zeichen und Runen. Die Neugier übermannte sie, und sie las: *»So höret die Worte der Hexen, die Geheimnisse, die wir der Nacht anvertrauen. Die alten Götter werden hier gerufen, die großen Taten der Magie beschworen. Zu diesem Tage, dieser Stunde, rufe ich die düstere Kunde. Bring die neue Macht herbei, die Macht der Schwestern, die Macht der 3!«*

Phoebe hielt den Atem an. Das Ganze wurde jetzt langsam heftig. Entweder war sie auf einen uralten Halloween-Scherz gestoßen, oder hier ging etwas wirklich Abgefahrenes vor ...

Auf einmal schien der Boden leicht zu vibrieren, als ob das Haus aus einem langem Schlaf erwachte und sich nun müde regte. Der große Kronleuchter im Wohnzimmer wurde von einem überirdischen blauen Schimmer überzogen, und kleine Lichter, Elfen gleich, tanzten um seine kristallenen Tränen. Unbemerkt von den drei Halliwell-Schwestern geschah noch etwas: Ihr vor einem Jahr aufgenommenes Familienfoto auf dem Kaminsims veränderte sich. Hatten die drei jungen Frauen mit klarem Abstand zueinander und grimmigen Mienen für dieses Bild posiert, so schienen magische Kräfte sie nun näher zusammenzurücken. Nach einigen Sekunden standen sie sich so nah, wie sie es im wirklichen Leben seit Jahren nicht mehr gewesen waren.

Piper und Prue hatten sich nach der erfolglosen Hantiererei mit den Sicherungen entschlossen, nach

Phoebe zu sehen, als sie die Vibrationen des Hauses spürten. Als sie den Speicher betraten, ging der Spuk gerade zu Ende. Sie fanden ihre jüngere Schwester mit dem Buch in der Hand vor.

»Was geht hier vor?« fragte Prue.

Phoebe drehte sich zu ihnen herum. »Ich lese. Eine Beschwörungsformel. Sie steht in dem ›Buch der Schatten‹, das ich in dieser Kiste gefunden habe.«

»Gib her.« Piper griff nach dem Wälzer.

Prue war mißtrauisch. »Wie bist du hier reingekommen?«

Phoebe antwortete, als sei die Erklärung bereits ein Triumph für sich. »Die Tür hat sich von selbst geöffnet.«

Wie immer, wenn ihr etwas zu schnell ging, legte Prue den Kopf leicht schief. »Moment mal. Eine Beschwörungsformel? Was für eine Beschwörungsformel?«

Piper versuchte, aus dem Buch schlau zu werden. »Hier steht was von den drei Komponenten der Magie: die rechte Zeit, das rechte Gefühl und der Mond als Gefährte.«

Phoebe nickte aufgeregt. Soweit war sie auch schon gekommen. »Wenn wir das durchziehen wollen, ist jetzt die beste Zeit dafür – Mitternacht bei Vollmond.«

Prue kam immer noch nicht mit. »Was soll denn da passieren?«

Phoebe verschluckte sich fast vor Aufregung. »Wir bekommen ... unsere Kräfte.«

»Unsere Kräfte? Was denn für ... Moment mal, *unsere* Kräfte? Du hast mich da mit reingezogen?«

Piper mischte sich wieder ein, weil sie im Buch gerade an die entsprechende Stelle gekommen war. »Nein, Phoebe meint uns alle. Hier steht: ›Bringt die Schwestern mit der Macht der 3 ...‹ – Das ist ist ein Buch über Hexerei.«

Prue nahm ihr das mysteriöse Werk aus der Hand. »Zeig mal her.«

Gemeinsam verließen die drei Schwestern den Dachstuhl.

»Ouija-Bretter, Hexerei – kaum vorstellbar«, murmelte Prue.

»Und das ganze Gruselzeug fing an, als Phoebe wiederkam«, bemerkte Piper.

»Hey«, protestierte Phoebe, »ich war nicht diejenige, die mit dem Ouija-Brett angerannt kam.«

»Das ist auch nicht wichtig«, unterbrach Prue, »denn es ist nichts wirklich passiert. Oder hast du was bemerkt, als du diese ... diese Beschwörung gelesen hast, Phoebe?«

Phoebe dachte einen Moment lang nach. »Na ja, mein Kopf drehte sich um die eigene Achse, und ich habe Erbsensuppe gespuckt ... Woher soll ich das denn wissen?«

Piper sah sich im Wohnraum um. »Es sieht auf jeden Fall alles normal aus.«

Prue stimmte ihr zu. »Und in das Haus werden wir noch einige Arbeit stecken müssen.«

Phoebe gönnte sich das Schlußwort. »Ich denke, alles ist wie vorher. Nichts hat sich verändert.«

Keine der Schwestern bemerkte das Foto auf dem Kaminsims, auf dem sie unerklärlicherweise näher zusammengerückt waren. Und weder Prue noch Piper noch Phoebe bemerkte den Mann, der im Regen vor dem Haus stand wie die Statue eines Dämons.

Er war da.

Denn bald würden die Halliwell-Schwestern *ihm* gehören.

Die Regenwolken hatten sich endlich verzogen. Es war ein strahlender Spätsommermorgen in San Francisco.

Nach den unheimlichen Ereignissen der letzten Nacht hatte sich Phoebe entschlossen, ihren Morgenkaffee auf der Treppe vor der Haustür zu trinken. Sie genoß die Aussicht vom Hügel über die Stadt. Im hellen Tageslicht schien alles so unwirklich – das »Buch der Schatten«, die Zaubersprüche. Sogar die »Macht der 3«, was auch immer das sein mochte.

Piper kam aus dem Haus und gesellte sich zu ihr. »Wow, du bist aber früh auf.«

Phoebe nickte gedankenverloren. »Ich habe gar nicht geschlafen.«

Piper lächelte tapfer. »Erzähl mir jetzt nicht, daß du dir ein schwarzes Kleid angezogen hast und die ganze Nacht auf einem Besen durch die Gegend geflogen bist.«

»Wohl kaum«, lachte Phoebe, »der einzige Besen, den ich je besessen habe, hat den Wandschrank nie verlassen.«

»Was hast du dann gemacht?«

»Ich habe gelesen. Ist Prue noch da?«

Piper schüttelte den Kopf. »Sie ist heute sehr früh zur Arbeit gegangen. Hast du so richtig, ich meine, ›laut‹ gelesen?«

Nun schüttelte Phoebe ihren Kopf mit dem pfiffigen Kurzhaarschnitt. »Nein.«

Piper ahnte, daß da mehr war. »Aber?«

»Laut dem ›Buch der Schatten‹ war eine unserer Ahninnen eine Hexe. Ihr Name war Melinda Warren.«

Auf dieses Thema hatte Piper nun wirklich keine Lust. »Und wir haben auch einen Cousin, der ein Spinner ist, eine Tante mit Wahnvorstellungen und einen unsichtbaren Vater.«

Phoebe schüttelte den Kopf. »Das ist was anderes. Sie praktizierte die Hexenkunst und hatte drei magische Kräfte: Sie konnte Gegenstände mit der Macht ihres Geistes bewegen, in die Zukunft sehen und die Zeit anhalten. Bevor sie auf dem Scheiterhaufen verbrannt wurde, schwor sie, daß jede ihrer weiblichen Nachkommen stärker und stärker werden würde, bis eines Tages drei Schwestern einander fänden, die die stärksten Hexen ihrer Zeit sein würden.«

Piper ahnte, daß Phoebe sich da in etwas hineinsteigerte. »Hör zu: Ich weiß, die Sache letzte Nacht war seltsam und unerklärlich, aber wir sind keine Hexen, okay? Wir haben keine besonderen Kräfte. Unsere Großmutter war keine Hexe, unsere Mom war auch keine. Was sagst du nun, Spürnase?«

Sie erhob sich und machte sich auf den Weg zu ihrem Wagen, in der Hoffnung, damit diesem Hokuspokus-Thema ein Ende bereiten zu können. Doch Phoebe rief ihr nach: »Wir sind die Beschützer der

Unschuldigen, auch bekannt als ›Die vom Glück Erwählten‹!«

»Es hat einen Änderung gegeben«, sagte Roger, als er mit Prue durch die Ausstellungsräume des Museums ging.

»Bezüglich der Beals-Ausstellung?« fragte Prue, die keine Ahnung hatte, worauf diese kryptische Andeutung hinauslief.

Roger nickte knapp. »Die privaten Spenden, die du aufgetrieben hast, haben zu einem enormen Interesse von Seiten industrieller Sponsoren geführt. Die Beals-Stücke werden nun Teil unserer permanenten Ausstellung.«

»Das ist hervorragend.« Prue freute sich, ahnte aber, daß da ein Haken sein mußte.

Roger zierte sich ein wenig, bevor er mit der Sprache herausrückte. »Der Vorstand des Museums möchte aus diesem Grund jemanden mit besserer Qualifikation mit der Verwaltung der Stücke betrauen.«

Er sah Prue einige Sekunden lang an. »Du siehst überrascht aus.«

Nach zwei weiteren Sekunden hatte Prue ihre Fassung wieder. »Das täuscht. Ich bin nicht überrascht, ich bin stinksauer! Ich habe diese Ausstellung nicht nur von Anfang an betreut, ich war auch der Kurator, der die Stücke überhaupt erst für das Museum gesichtet hat.«

Roger sah betreten, aber wenig schamvoll auf seine Fingerspitzen. Jetzt erst dämmerte es Prue. »*Du* bist die Person, die angeblich die bessere Qualifikation hat, oder?«

Er tat empört. »Nun ja, ich konnte den Wunsch des Vorstandes schlecht ablehnen. Und du solltest dich freuen: Was gut für mich ist, ist letzten Endes auch gut für dich. Stimmt's, Miss Halliwell?«

Prue war kurz davor, ihm ins Gesicht zu schlagen. Es ging nicht um die Ausstellung, nicht um die Qualifikation. Dies war ein Spiel um Macht. »Miss Halliwell? Seit wann sprechen wir uns nicht mehr beim Vornamen an? Seit wir nicht mehr miteinander schlafen? Oder seit ich dir den Verlobungsring zurückgegeben habe, Roger?«

Er setzte sein smartestes Grinsen auf. »Ich wußte ja nicht, daß das eine das andere bedingt, auch wenn ich das eine mit Sicherheit mehr genossen habe als das andere.«

»Bastard«, knirschte sie und drehte sich in Richtung Ausgang.

Roger hielt sie am Arm fest. »Prue, warte.«

Innerlich gab sie ihm noch die eine Chance, sich zu entschuldigen, auch wenn er es nicht verdient hatte.

»Ich glaube, ich sollte noch etwas sagen, und sei es nur, um eine Klage zu verhindern.«

Das war's! Prue kochte. Sie war so wütend auf diesen eitlen, machtgeilen Gockel, daß sie ... in diesem Augenblick den teuren Füller bemerkte, der in seiner Hemdtasche steckte.

Sie hatte keine Ahnung, was genau in den nächsten zwei Sekunden geschah. Ihr Blick fixierte sich auf das Schreibgerät, und alles darum herum schien zu verschwimmen. Sie fühlte einen warmen Strom, wie sanfte Energie, aus ihrem Kopf zu Rogers Brusttasche strömen.

In diesem Augenblick platzte die Patrone in Rogers Füller, und ein häßlicher blauer Fleck breitete sich auf seinem exklusiven, mit Monogramm versehenen Hemd aus.

Als Roger das Malheur bemerkte und mit einer hastigen Bewegung versuchte, den Füller aus der Hemdtasche zu ziehen, schnappte Prue mit einem Ruck wieder in die Realität zurück.

Sie drehte sich um und verließ so schnell wie möglich das Museum.

Piper wirtschaftete wie eine Wilde in der Küche des exklusiven »quake«-Restaurants. Dies war ihr großes Bewerbungsmenü, und nach den Ereignissen der letzten Nacht hatte sie alle Mühe, ihre Gedanken beisammen zu halten.

Sie blickte auf die Speisen, die vor ihr standen. Das sah alles ganz prima aus, es fehlte eigentlich nur noch der Portwein für das Abschmecken der Soße ...

In diesem Moment trat der Maître, Monsieur More, in die Küche. Piper war ziemlich sicher, daß er Amerikaner war, aber er gab sich diesen lächerlich französischen Akzent, um bei der Schickeria von San Francisco Eindruck zu schinden. »Ah, Miss Alliwell«, rief er übertrieben, »da sind Sie ja!«

Piper riß sich zusammen, um sich die Nervosität nicht anmerken zu lassen. »Ja, und ich bin schon so gut wie ...«

»Ah, ah, ah«, unterbrach sie der Flegel, »wir 'aben 'ier nicht die Zeit für eitel Gerede. Isch sehe die geröstete Schweinsfilet, die Kartöffelschen dauphine, un' die Soß'. Très bon, très bon.«

Er schnappte sich einen Löffel, um die Soße zu probieren.

Die Soße! Siedendheiß fiel Piper ein, daß sie diese noch nicht mit dem Port verfeinert hatte.

»Halt!« warf sie ein. »Da fehlt noch was.«

Maître More winkte müde ab. »Cherie, isch 'abe schon Speisen beurteilt, da 'aben Sie noch Rezepte aus Frauenmagazinen ausgeschnitten.«

Piper war nahe dran, durchzudrehen. Wenn der Chefkoch die Soße im jetzigen Zustand probierte, konnte sie sich den Job im »quake« abschminken.

Sie konzentrierte sich, um den Maître noch einmal eindringlich zu bitten, noch einen Moment zu warten. Sie hob leicht die Hände, um ihn anzusprechen, als plötzlich alles stillstand.

Einige Sekunden lang geschah gar nichts. Piper hielt den Atem an.

Das war ein Scherz, das mußte ein Scherz sein. Maître More stand wie angewurzelt mit dem Löffel an den Lippen. Alles war totenstill, selbst das Schweinefilet in der Pfanne brutzelte nicht. Piper fühlte sich wie bei einem Kinoabend, bei dem jemand auf die Pausetaste am Videorekorder gedrückt hatte.

»Maître More?« frage sie vorsichtig. Keine Antwort.

»Maître More?«

Wieder nichts.

Sie wedelte mit der Hand vor seinem Gesicht hin und her, aber er blieb starr wie eine griechische Statue, wenn auch in weit dämlicherer Haltung.

Pipers Gedanken überschlugen sich. Gut, sie konnte das hier nicht erklären. Seit letzter Nacht konnte sie einiges nicht erklären. Aber sie konnte das beste daraus machen. Mit zwei schnellen Schritten war sie beim Zutatentisch, nahm eine Koch-Pipette, und sog ein paar Tropfen Portwein hinein. Dann trat sie zum Maître und tröpfelte die Flüssigkeit vorsichtig auf den Löffel mit der Soße.

Sie hatte kaum einen Schritt zurück gemacht, als die Zeit weiterlief. Das Filet brutzelte in der Pfanne, und Maître More kostete.

Er mümmelte zwei Sekunden an der Soße herum, dann stand sein Urteil fest: »Sehr gutt. Wirklisch magnifique.«

Piper grinste zufrieden. Ihr war egal, was da gerade passiert war. Es hatte ihr den Job gerettet.

»Hören Sie«, flötete Roger auf seine arrogant-selbstherrliche Art in den Telefonhörer, »schließlich bin ich es gewesen, der auf die Idee kam, mit Hilfe der privaten Spenden das Interesse der Firmen anzukurbeln. Ich habe die Sache von Anfang an in der Hand gehabt. Wir wissen doch beide, wer wirklich ...«

Er brach ab, als er Prue in sein Büro kommen sah. Auch die Beine nahm er von seinem Schreibtisch, als wäre er bei etwas Unanständigem erwischt worden.

Prue wollte die Sache so kurz wie möglich machen. »Ich kündige.«

Die Ankündigung traf Roger völlig unerwartet, und nach einer Schrecksekunde hüstelte er ein »Ich rufe Sie zurück« in den Telefonhörer und legte auf. Dann legte er die Fingerspitzen zusammen und setzte wieder die Maske des überlegenen Machos auf. »Das solltest du dir gut überlegen.«

Prue machte eine nachdenkliche Miene. »Lausiger Job, lausige Bezahlung, lausiger Chef – was gibt's da zu überlegen?«

Roger Stimme wurde leiser und zugleich einen Ton schärfer. »Wenn du jetzt ohne Einhaltung jeglicher Kündigungsfrist hier rausmarschierst, kannst du das Empfehlungsschreiben vergessen.«

Prue senkte nun ebenfalls die Stimme. »Du solltest mir nicht drohen, Roger.«

Ihr Arbeitgeber dachte die Situation einen Moment lang durch. Er konnte Prue nicht gegen ihren Willen halten, und er wußte nicht, ob sie was gegen ihn in der Hand hatte. Also schaltete er wieder auf freundlich um. »Du kennst mich, Prue. Ich mußte es zumindest versuchen. Du bist jetzt sauer, verletzt – glaub' mir, ich verstehe das. Deshalb erkennst du auch nicht, daß ich dir einen Gefallen tue.«

Prue glaubte für einen Moment, sich verhört zu haben. »Wie bitte?!«

»Wenn ich dir die Ausstellung nicht abgenommen hätte, wäre der Vorstand eingeschritten und hätte einen Wildfremden dafür eingesetzt. So hast du es mit mir zu tun. Du solltest mich nicht verlassen, du solltest mir danken.«

Es fiel Prue schwer, angesichts dieses Unsinns ernst zu bleiben. »Roger, ich bin sicher, daß es deinen Intellekt nicht überfordern wird, die 75 Computerdisketten und mehrere hundert Seiten Material in meinem Büro zu ordnen und auszusortieren.«

Er jetzt ahnte Roger, was da auf ihn zukam. »Das wirst du bereuen.«

Prue lächelte süffisant. »Wohl kaum. Ich dachte, die Beendigung unserer Verlobung sei der Höhepunkt meines Lebens gewesen, aber das hier ist definitiv besser. Mach's gut, Roger.«

Sie drehte sich um und ging.

»Ich hoffe, du hast kein Büromaterial mehr in deiner Tasche«, tönte es ihr hinterher.

Prue nahm sich auf dem Weg zum Aufzug zwei Sekunden Zeit, um sich zu erinnern, wie sehr Phoebe mit ihrer Beschreibung von Roger recht gehabt hatte.

Sie wußte nicht, daß Rogers Krawattenknoten sich in diesem Moment so stark zusammenzog, daß ihm die Luft wegblieb. Daß er röchelnd auf seinem Schreibtisch nach etwas Scharfem tastete. Und daß es ihm im letzten Moment gelang, die Würgekrawatte mit einer Schere zu durchtrennen.

Prue wußte nur, daß sie sich richtig gut fühlte.

Piper stand in einer Telefonzelle in der Nähe des »quake« und versuchte verzweifelt, Phoebe zu erreichen. Sie mußte ihrer Schwester von dem komischen Zeitstopp erzählen, den sie soeben erlebt hatte.

»Komm schon, Phoebe.«

Aber Phoebe hob nicht ab. Piper ließ nicht locker. »Phoebe, geh ran!«

Umsonst.

Entnervt hing Piper den Hörer wieder in die Gabel und trat hinaus auf den Bürgersteig. Dabei stieß sie mit einer großen, dunklen Gestalt zusammen. Erschrocken zuckte sie zurück und befreite sich hektisch aus dem Griff des Fremden.

Falscher Alarm! Es war nur Jeremy, ihr Freund.

Sie atmete tief durch. »Wow, Jeremy, ich hätte fast einen Herzschlag bekommen.«

Er sah sie besorgt an. »Das sehe ich. Was ist denn los mit dir?«

Piper winkte ab. »Nichts, es ist alles in Ordnung. Wirklich, alles okay. Was machst du hier?«

Er setzte sein charmantestes Lächeln auf. »Ich wollte der erste sein, der dir zu deinem neuen Job gratuliert.«

Sie stemmte die Hände in die Hüften. »Du schaffst es doch immer wieder, mich zu überraschen. Woher weißt du, das ich die Stelle bekommen habe?«

»Du hast deine Spezialität gekocht. Und wer die einmal probiert hat, ist dir verfallen.«

Piper legte sachte die Arme um seine breiten Schultern. »Es törnt mich total an, wenn du von Essen redest.«

Jeremys Lächeln wurde zu einem jungenhaften Grinsen. »Auberginen, Zucchini, Aufläufe ...«

Weiter kam er nicht, denn Piper verschloß seine Lippen mit einem langen, intensiven Kuß.

Phoebe war fast den ganzen Tag durch die Stadt geradelt in der Hoffnung, durch die Freundlichkeit des Sommertages die Geschehnisse der letzten Tage vergessen zu können. Aber es gelang ihr nicht. Irgend etwas passierte mit ihr, und nicht nur mit ihr, sondern auch mit ihren Schwestern. War es Zufall, daß sie sich genau jetzt wieder in Großmutters altem Haus zusammengefunden hatten?

Sie hörte in der Nähe einen Hund bellen und riß erschreckt den Lenker herum. Verdammt, sie mußte sich besser konzentrieren!

Phoebe blickte den Hügel hinab. Er war ziemlich steil, und ihr Mountainbike hatte schon kräftig an Fahrt gewonnen. Gott sei Dank war wenig Verkehr. Weiter unten fuhren zwei Kids auf ihren Skateboards aus einer Einfahrt, um per Schußfahrt den Abhang hinunterzusausen.

Phoebe lächelte. Was die beiden da machten, war ziemlich gefährlich, aber sie hatte sich von so etwas auch nie abhalten lassen, als sie noch ein Teenager war.

Mit einem Ruck fuhr sie hoch. Instinktiv betätigte sie die Handbremsen des Bikes. Sie kam schlingernd zum Stehen und stützte sich schließlich auf dem Asphalt ab.

In ihrem Kopf dröhnte es, und ein Prickeln lief ihr Rückgrat herauf und herunter. Phoebe atmete tief durch und schloß die Augen. Zu ihrer Überraschung konnte sie immer noch sehen, wenn auch verzerrt, und alles schien zu pulsieren. Sie brauchte ein paar Sekunden bis sie erkannte, daß sie die Kreuzung weiter unten am Fuß des Hügels sah. Und da waren auch die Kids auf ihren Boards.

Phoebe keuchte. Das war doch nicht möglich. Sie hatte so etwas wie eine Erscheinung oder einen Tagtraum!

Die Kids waren nun fast an der Kreuzung, plötzlich schoß ein blauer Saab von links heran. Der Fahrer hatte die Jungs nicht gesehen, und obwohl er bremste, konnte Phoebe sehen, daß die Sache schlimm ausgehen würde.

Sie riß die Augen fast gewaltsam wieder auf. Egal, was sie da gerade gesehen hatte: Wenn es stimmte, mußte sie es verhindern!

Die beiden Kids waren gerade dabei, mit ihren Skateboards zu beschleunigen. Drei-, vierhundert Meter trennten sie noch von der Kreuzung ...

Phoebe trat in die Pedale und gewann schnell an Fahrt. Sie hatte keine Ahnung, warum sie so sicher war, was passieren würde, aber darüber konnte sie jetzt nicht nachdenken. Die Jungs befanden sich noch auf dem Bürgersteig, etwa fünfzig Meter vor Phoebe und zweihundert Meter vor der Kreuzung. Gleich würden sie auf die Straße abbiegen!

Phoebe strampelte noch heftiger, und gerade als die Kids in Richtung Bordsteinkante abbogen, um auf den Asphalt zu springen, war sie neben ihnen und versperrte den Weg. Erschreckt sprangen die Jungs von ihren Boards und blickten der »blöden Zicke« nach, die nun in rasendem Tempo auf die Kreuzung zurollte.

Phoebe blickte kurz zurück und atmete erleichtert durch. Das war noch mal gut gegangen. Dann sah sie wieder nach vorn – direkt auf den Saab, der ihr den Weg abschnitt!

Die Bremsen des Wagens und die des Fahrrades quietschten gleichzeitig, aber es war zu spät: Phoebes Vorderrad knallte gegen die Stoßstange des Autos, und als das Bike ruckartig zum Stehen kam, nutzte Phoebes Körper die Trägheitsgesetze, um in hohem Bogen über die Motorhaube zu segeln.

Obwohl der Vorgang nur zwei Sekunden dauerte, bekam Phoebe alles wie in Zeitlupe mit: Der Flug durch die Luft, der herannahende Asphalt, der Versuch einer Rolle als Überrest aus dem Selbstverteidigungskurs an der Highschool …

Dann schlug sie auf. Bunte Blumen und farbenprächtige Sternensysteme wurden in ihrem Kopf geboren, Organe in ihrem Körper schienen sich zu verschieben, und ein paar Knochen und Gelenke knackten auf eine Art, die man nur als »ungesund« bezeichnen konnte.

Am Bordstein rollte ihr Körper endlich aus. Zu ihrer eigenen Überraschung war sie nicht ohnmächtig. Sie öffnete die Augen und stemmte sich auf. Alles drehte sich im Kreis wie nach einem schlechten Joint. Als ihre Pupillen das Umfeld wieder halbwegs in brauchbare Bilder zwingen konnten, erkannte sie eine Katze, die in einem Vorgarten saß und sie ruhig ansah.

Das schöne schlanke Tier trug ein seltsames Medaillon mit einer ungewöhnlichen Verzierung.

Phoebe entschied, über die Verzierung ein wenig nachzudenken.

Dann wurde sie ohnmächtig.

Prue haßte Krankenhäuser nicht erst, seit sie Grandma hier eingeliefert hatten. Die Hektik, der Geruch, das Licht – alles stieß ihr auf.

Sie bahnte sich einen Weg durch die Eingangshalle zum Empfangstresen. Eine der beiden Schwestern war mit einem anderen Besucher beschäftigt, darum wandte sich Prue an die gemütlich aussehende Kollegin. »Hi, ich suche nach Phoebe Halliwell. Sie ist hier eingeliefert worden. Ich bin Prue, ihre Schwester.«

Während die Schwester ihre Einlieferungstabelle durchsah, konnte Prue nicht verhindern, daß sie das Gespräch der anderen Empfangsdame mithörte, die ihren Besucher fragte: »Wie war doch gleich der Name?«

Der Mann, der mit dem Rücken zu ihr stand, antwortete mit ruhiger, sonorer Stimme: »Inspector Andy Trudeau, Mordkommission. Doktor Gordon erwartet mich.«

Für einen Moment glaubte Prue, sich verhört zu haben. Das konnte doch nicht *der* Andy Trudeau sein?

Sie berührte ihn vorsichtig am Arm. »Andy?«

Der Mann drehte sich um, und in diesem Moment wußte Prue, daß sie sich nicht geirrt hatte. Allerdings war sie überrascht, wie weich ihre Knie mit einem Mal wurden.

Andy schien einige Sekunden zu brauchen, bis er das Gesicht der hübschen jungen Frau zuordnen konnte. »Prue?!«

Er fuhr sich mit der Hand durch die Haare. »Das ist ja kaum zu fassen. Wie geht's dir denn?«

Sie war nicht weniger verlegen als er. »Gut. Und selbst?«

»Prima. Ich kann nur nicht glauben, daß ich dich hier treffe.«

Sie nickte. »Ich hole Phoebe ab. Sie hatte einen Unfall.«

»Ist sie okay?« Andy schien ehrlich besorgt.

»Wird schon wieder«, antwortete Prue. »Was machst du hier?«

»Polizeiliche Untersuchung«, sagte er knapp. Anscheinend sprach er nicht gerne über seine Arbeit.

Einen Moment lang herrschte zwischen ihnen eine unbehagliche Stille. Prue hatte Andy seit sieben Jahren nicht gesehen, und sie hatte ihn eigentlich längst abgehakt. Und nun radierte etwas in ihrem Kopf diesen Haken wieder fort.

Eine Schwester mit einem Clipboard trat zu ihnen. »Miss Halliwell? Ihre Schwester ist noch im Röntgen-Zimmer. Inspector? Das Büro von Doktor Gordon befindet sich auf der linken Seite gleich hier den Gang hinunter. Er hat aber noch einen Patienten.«

Prue und Andy bedankten sich artig, dann kehrte die beklommene Stille zurück. Andy knetete seine Hände. »Na dann, es war schön, dich wiederzusehen.«

Prue blickte auf ihre Fußspitzen. »Stimmt, finde ich auch. Paß auf dich auf.«

Sie machten Anstalten, sich in veschiedene Richtungen wegzudrehen, aber ein unsichtbares Gummiband schien sie festzuhalten.

Sag was, gellte es in Prues Oberstübchen. Sag was, bevor er wieder weg ist.

Andy räusperte sich. »Deine Schwester braucht ja

noch ein bißchen, und Doktor Gordon auch. Meinst du, wir könnten die Wartezeit mit einem Kaffee überbrücken?«

In Gedanken schickte Prue ein Stoßgebet gen Himmel. Aus ihrem Mund kam nur ein gestammeltes »ja, gerne«.

Der Kaffee war lausig und noch dazu lauwarm, und die Stühle in der Krankenhaus-Cafeteria indiskutabel, aber das war Prue und Andy egal. Sie waren froh, ein wenig von der verlorenen Zeit wieder gutmachen zu können.

»So, du bist also jetzt Inspector«, bemerkte sie anerkennend.

Er grinste bescheiden. »Na ja, in jeder anderen Stadt dieses Landes nennt man das Detective.«

»Mir gefällt Inspector.« Sie lächelte unsicher.

»Da geht es mir doch gleich viel besser«. Er nahm einen Schluck Kaffee, ohne den Augenkontakt zu unterbrechen.

Prue war bemüht, das Gespräch auf dem halbwegs sicheren Terrain des Smalltalks zu halten. »Dein Vater muß sehr stolz auf dich sein.«

Andy nickte. »Eine neuer Trudeau mit Marke – alles, was er sich immer gewünscht hat. Und wie sieht's bei dir aus? Eroberst du die Welt im Sturm, wie du es immer vorgehabt hast?«

Nun senkte Prue den Blick. Das Thema war ihr unangenehm. »Ich bin wieder in das Haus meiner Großmutter eingezogen. Und seit einer Stunde suche ich einen neuen Job.«

Andy entfuhr nur ein leises »Oh«. Er spürte, daß er zu diesem Zeitpunkt nicht weiter bohren sollte.

Prue wechselte schnell das Thema. »Ich dachte, du wärst nach Portland gezogen.«

Damit hatte sie nun Andys wunden Punkt getroffen. »Ich bin wieder zurück«, sagte knapp. »Bist du immer noch mit Roger zusammen?«

Prue seufzte innerlich. Es war ihr nie gelungen, mit Andy einfach nur zu plaudern. Dafür war die Verbindung zwischen ihnen immer zu stark gewesen. Nun, wenn es denn sein mußte: »Woher weißt du von ihm?«

Auf diese Gegenfrage war Andy nicht gefaßt gewesen. »Ich kenne ein paar Leute hier und da ...«

So leicht wollte Prue ihn nicht davonkommen lassen. »Heißt das, du hast mich überprüfen lassen?«

Andy spielte nervös mit seinem Becher. »So würde ich das nicht nennen.«

»Wie würdest du es denn nennen?«

Sie genoß es, ihn in der Ecke zu sehen, auch wenn es mehr süß als wirklich dramatisch war.

»Nun, ich nenne das ... freundliches Interesse an meinen Mitmenschen.«

Sie glaubte ihm keine Sekunde. »Du *hast* mich überprüfen lassen.«

Er stellte den Becher ab und warf die Arme in die Luft. »Erwischt. Was soll ich sagen? Ich bin schließlich Polizist.«

Noch ehe Prue angemessen antworten konnte, quäkte die Lautsprecheranlage los: »Prue Halliwell, Sie können ihre Schwester auf der Station abholen.«

Sie erhob sich, doch dieses Gespräch war noch nicht zu Ende. Noch lange nicht.

Phoebe schlürfte an einem Orangensaft an der Bar des »quake«, während Prue gerade ihren Kaffee entgegennahm, der nicht schlechter sein konnte als das Gebräu im Krankenhaus. Allerdings war das Gesprächsthema hier weitaus obskurer.

»Die vom Glück Erwählten? Phoebe, das ist doch Quatsch.«

Phoebe wollte wild den Kopf schütteln, aber die Schmerzen in ihrem Nacken hielten sie davon ab. »Willst du behaupten, daß dir heute nichts Außergewöhnliches passiert ist? Du hast weder die Zeit angehalten noch irgendwelche Sachen mit Geisteskraft bewegt?«

Prue fragte sich, ob das Wiedersehen mit Andy unter »außergewöhnliche Ereignisse« einzustufen sei, verkniff sich dann aber weitere Überlegungen dazu. Statt dessen antwortete sie: »Roger hat mir einen Job weggenommen, falls das zählt.«

Sie sah die Enttäuschung in den Augen ihrer jüngeren Schwester, darum fuhr sie fort: »Phoebe, ich weiß, daß du glaubst, in die Zukunft sehen zu können. Was ich, nebenbei gesagt, ziemlich zynisch finde.«

»Weil du meinst, daß ich keine Zukunft habe?« Phoebe dachte, daß sie über diese Diskussion eigentlich schon hinaus wären. »Weil du denkst, meine Vision der Zukunft sei trübe im Vergleich zu deiner perfekt ausgeleuchteten Vision der Hölle? Selbst wenn du mir nicht glaubst, kannst du mir denn nicht wenigstens einmal vertrauen?«

Was Vertrauen anging, so hatten Phoebe und Prue noch einige ungeklärte Konflikte zu bereinigen. »Phoebe, ein für allemal, ich habe *keine* geheimnisvollen Kräfte. Und wo ist jetzt die Kondensmilch?«

Sie blickte zu dem kleinen Kännchen an der anderen Seite der Bar. Instinktiv richtete sie ihre Gedanken auf diesen Gegenstand und den Wunsch, ihn näher bei sich zu haben.

Das »quake« war an diesem Tag nur mäßig besucht, und die meisten Gäste saßen an den Tischen. Das war auch gut so, denn deshalb sahen nur Prue und Phoebe, wie sich das Kännchen selbständig machte und wie von unsichtbaren Kräften gezogen näherrutschte.

Prue hielt erschrocken den Atem an.

Phoebes Augen wurden groß. »Wow, also das finde ich jetzt schon ziemlich beeindruckend.«

Prues Augen wanderten verwirrt zwischen dem Kaffee und dem Milchkännchen hin und her. Spielerisch »dachte« sie sich die Milch in den Becher, und mit einem leisen Zischen senkte sich der Pegel im Kännchen, um gleich darauf das schwarze Gebräu aufzuhellen.

Prue, als Älteste und Vernünftigste der Halliwell-Schwestern, galt zwar als etwas zu kopflastig und nüchtern, aber sie sah ein, wenn sie geschlagen war. Sie *hatte* die Milch über den Tisch geschoben, und sie *hatte* danach etwas davon in den Kaffee »gezaubert«, auch wenn sie dieses Wort nie offen ausgesprochen hätte.

Sie sprach zu Phoebe, ohne dabei ihren Blick von der Kaffeetasse zu lösen. »Ich kann also Dinge mit meinen Gedanken bewegen, richtig?«

Phoebe fand, es sei der richtige Zeitpunkt, die Sache nicht zu sehr zu dramatisieren. »Mit dem, was du im Schädel hast, bist du so eine Art telekinetische Atombombe.«

»Ich fasse es nicht.«

Phoebe trank einen Schluck Saft. »Das heißt dann wohl auch, daß Piper wirklich die Zeit anhalten kann ...«

Sie bemerkte den schockierten Gesichtsausdruck ihrer älteren Schwester. »Bist du okay?«

Endlich riß sich Prue von der Tasse los. »Nein, ich bin nicht okay. Du hast mich zu einer Hexe gemacht!«

Phoebe hob abwehrend die Hand. »Du wurdest als eine solche geboren, genau wie Piper und ich. Wir sollten vielleicht anfangen, uns damit auseinanderzusetzen.«

Auf dem Heimweg versuchte Phoebe, ihrer Schwester einige Grundlagen aus der Welt der Hexen zu vermitteln. »Im ›Buch der Schatten‹ gibt es viele wirklich seltsame Radierungen, so wie in einem Gemälde von Hieronymus Bosch. Sie zeigen verschiedene Hexen, die von Generation zu Generation gegen das Böse gekämpft haben.«

Prue lachte bitter auf. »Das Böse gegen das Böse, wie abgefahren.«

Jetzt verstand Phoebe, woher der Wind wehte. »Genaugenommen gibt es gute und böse Hexen. Die guten Hexen praktizieren ihre Rituale, helfen den Bedürftigen und wahren das Gleichgewicht der Kräfte. Die bösen Hexen, und Hexer natürlich, sind nur auf eines aus: gute Hexen zu töten und sie ihrer Kräfte zu berauben. Dummerweise sehen sie wie ganz normale Menschen aus. Sie können also überall und jederzeit auftauchen.«

Prue blieb stehen. »Und was hat das mit uns zu tun?«

Phoebe versuchte es mit ihrer Interpretation der Zeichnungen. »Na ja, auf einigen Bildern sieht man die Hexen im Schlaf. Auf anderen kämpfen sie gegen einen Hexer. Ich denke mir, daß wir vor den Nachstellungen aus dem Reich des Bösen sicher waren, solange wir nichts von unseren Kräften wußten. Doch das ist jetzt anders ...«

Prue brauchte einen Moment, um diese Vorstellung zu verarbeiten. Derweil drehte sich Phoebe um, weil sie einen Maunzer gehört hatte. Ganz in der Nähe stand die Siamkatze mit dem seltsamen Amulett.

Piper hatte den Abend mit Jeremy genossen, wie immer. Er war höflich, witzig, und nicht zuletzt sexy. Sie konnte sich nicht erinnern, jemals so viel Glück mit einem Mann gehabt zu haben. Jetzt saßen sie im Taxi auf dem Weg zu seinem Apartment.

Sie war sich nicht sicher, ob sie Jeremy von dem Ereignis in der Restaurantküche erzählen sollte. Vermutlich würde er sie für verrückt halten. Sie beschloß, sich an das Thema heranzutasten.

»Jeremy, ist dir schon jemals etwas Unheimliches, Gespenstisches oder Unerklärliches passiert?«

Er legte den Kopf schief und wirkte, als könne er die Frage nicht einordnen. »Natürlich. Das nennt man dann Glück, Schicksal, manche nennen so was auch ein Wunder. Warum fragst du?«

Sie winkte ab. »Vergiß es. Wenn ich es dir erzähle, hältst du mich für verrückt.«

Sie kramte die beiden Glückskekse, die sie im Restaurant bekommen hatten, aus der Tasche, und gab ihm einen. »Hier, mach ihn auf.«

Jeremy zerbrach das Gebäck und zog den kleinen Papierstreifen heraus. Er las vor: »Sie werden bald oben liegen.«

Piper zog die Augenbraue hoch. »Das steht da nicht.«

»Aber klar.«

Sie fischte ihm den Schnipsel aus den Fingern. »Zeig her.«

Er tat unschuldig. »Was ist denn daran so schlimm?«

»Hier steht: Sie werden bald *vorne* liegen.«

In diesem Moment beugte sich Jeremy vor und tippte dem Taxifahrer auf die Schulter. »Können Sie auf der Siebten nach links abbiegen?«

Der steinalte Pakistani nickte kurz. »Kein Problem.«

Piper war verwirrt. »Ich dachte, wir fahren zu dir?«

Jeremy lächelte sie an. »Tun wir auch. Mir ist nur gerade was eingefallen. Ich wollte dir schon immer mal die alte Bowlinghalle bei Nacht zeigen. Die Aussicht auf die Bay Bridge ist atemberaubend.«

Piper lehnte sich zurück. Jeremy steckte voller Überraschungen.

Der ältliche Drogist lächelte die Halliwell-Schwestern an. »Das Medikament muß ich von hinten holen. Augenblick bitte.«

Phoebe lächelte ihm freundlich zu. »Lassen Sie sich nur Zeit.«

Prue sah sich derzeit um. Sie hielt einen Warenauspacker an. »Entschuldigung, wo finde ich Aspirin?«

Der junge Mann deutete auf den rückwärtigen Teil des Supermarktes. »Reihe 3.«

»Danke.«

Phoebe begleitete ihre Schwester. »Kamillentee wirkt bei Kopfschmerzen Wunder«, merkte sie an.

Prue angelte ein paar Packungen aus dem Regal, fand aber nicht, wonach sie suchte. »Nicht bei diesen Kopfschmerzen.«

Phoebe ahnte, daß das wahre Problem woanders zu suchen war. »Weißt du, ich habe gar keine Angst vor unseren neuen Kräften. Wir haben doch sonst nichts von der Familie übernommen.«

Prue sah sie entgeistert an. »Phoebe, man übernimmt Hypotheken, Tafelsilber, den Hang zu einer krummen Haltung ...«

»Ja, aber so was hat doch jeder. Warum normal sein, wenn man etwas Besonderes sein kann?«

Prue drehte sich nun ganz zu Phoebe und sah ihr direkt ins Gesicht. »Ich will aber normal sein. Ich will mein Leben wiederhaben ...« Entnervt wandte sie sich wieder dem Regal zu. »Hey, haben Sie nicht gesagt, in Reihe 3?«

Phoebe versuchte sie zu beruhigen. »Wir können das Rad der Zeit nicht zurückdrehen und die Dinge ungeschehen machen.«

»Siehst du irgendwo Aspirin?«

»Nein, aber da steht Kamillentee.«

Prue atmete tief durch, um die Fassung nicht endgültig zu verlieren. »Ich habe gerade herausgefunden, daß ich eine Hexe bin! Und daß meine Schwestern Hexen sind! Und daß wir Kräfte haben, die alle möglichen bösen Mächte anziehen werden! Entschuldige, wenn ich gerade nicht in der Verfassung bin, zu Naturheilmitteln greife!«

»Dann zaubere dir die Kopfschmerzen doch einfach aus dem Schädel!«

Die Schwestern standen jetzt fast Nasenspitze an Nasenspitze. Hinter Prue sprangen ein paar Medikamentenpackungen förmlich aus dem Regal und landeten krachend auf dem Boden. Phoebe sah sich das Phänomen neugierig an, während Prue das alles gar nicht so genau wissen wollte.

Phoebe war ehrlich beeindruckt. »Du bewegst Sachen, wenn du dich aufregst«, stellte sie fest.

»Das ist lächerlich«, schnaubte Prue, »du hast etwas angestoßen. Das hat mit meinem Kopf gar nichts zu tun.«

»Du glaubst mir nicht.«

»Natürlich nicht.«

Phoebe kam näher und flötete leise: »Roger.«

Prue nahm ihre ganze Willenskraft zusammen, aber trotzdem kam ein erneuter Stoß von Medikamenten aus dem Regal geflogen.

Phoebe grinste. Sie war noch nicht fertig. »Und jetzt reden wir über Daddy.«

»Er ist tot«, preßte Prue hervor. Das würde übel enden.

»Nein, ist er nicht. Er ist aus New York weggezogen, aber er lebt.«

»Nicht für mich. Nicht mehr seit dem Tag, an dem er Mom verlassen hat.«

So leicht ließ sich Phoebe nicht abschütteln. »Was soll das denn heißen? Kaum erwähnt man ihn, machst du die Schotten dicht. Dir paßt nicht, daß er lebt, dir paßt nicht, daß ich ihn finden wollte, und dir paßt nicht, daß ich zurückgekommen bin.« Und mit kindischer Stimme setzte sie noch ein »Dad, Dad, Dad, Dad, Dad« obendrauf.

Das war mehr als genug.

Die Regale in Reihe 3 schienen förmlich zu explodieren. Als wären kleine Sprengsätze gezündet worden, schossen Verpackungen und Gläser, Dosen und Flaschen in die Luft, um dann krachend und scheppernd auf dem Boden aufzuschlagen. Nach zehn Sekunden sah der Supermarkt aus wie ein Schlachtfeld.

Völlig entgeistert starrten Prue und Phoebe auf das Chaos. Die Jüngere fand zuerst ihre Stimme wieder: »Geht es dir jetzt besser?«

»Viel besser.«

»Das ›Buch der Schatten‹ besagt, daß unsere Kräfte noch wachsen werden.«

Sie blickten wieder auf das Desaster am Boden. »Noch mehr?« fragte Prue argwöhnisch.

Und zum ersten Mal, seit die ganze Angelegenheit ins Rollen gekommen war, mußten die Halliwell-Schwestern lauthals lachen.

Die verrottete Seitentür der alten Bowlinghalle war nur angelehnt, und Jeremy konnte sie mit einem Ruck aufziehen. Ängstlich lugte Piper in den verstaubten, dunklen und bedrohlich wirkenden Saal.

»Ist mir egal, wie atemberaubend die Aussicht ist, hier kriegst du mich nicht rein«, stellte sie kategorisch fest.

»Nun komm schon«, sagte Jeremy und machte den ersten Schritt, »ich habe eine Überraschung für dich.«

Piper war nicht wohl bei der Sache, aber das Taxi war schon weg, und in Jeremys Begleitung hatte sie ja eigentlich nichts zu befürchten.

Sie bestiegen einen alten Lastenaufzug, um in das Obergeschoß zu gelangen. Jeremy zog die schweren Holzgitter zu und drückte den entsprechenden Knopf. Piper wurde fast übel von der abgestandenen Luft.

»Es ist toll«, sagte Jeremy, »ich wette, davon wirst du sofort Phoebe und Prue erzählen wollen, wenn du nach Hause kommst.«

Piper setzte gerade zu einem unsicheren Nicken an, als in ihrem Kopf eine kleine rote Lampe aufblinkte. Es war nur eine Kleinigkeit: »Aber ich habe dir doch gar nicht erzählt, daß Phoebe wieder in der Stadt ist.«

Piper kannte den Terminus »jemand läßt die Maske fallen«, und selten war dieser Ausdruck wohl angebrachter gewesen als in diesem Moment. Mit einem Schlag verschwand alle Freundlichkeit und aller jugendlicher Charme aus dem Gesicht ihres Freundes. Jeremys Pupillen schienen von einem warmen Braun in ein böses Schwarz zu wechseln, und die Schatten zeichneten düstere Linien in sein Gesicht.

»Ups«, sagte *er* und zog seinen verzierten Dolch hervor.

»Was soll das?« keuchte Piper.

»Das ist die versprochene Überraschung«, knurrte *er* und machte einen Schritt auf sie zu.

Piper wich zurück. »Jeremy, hör damit auf, ich habe Angst. Ernsthaft.«

Seine zuvor so angenehme Stimme wurde zu einem aggressiven Bellen. »Ich auch! Sechs Monate habe ich gewartet, seit eure Großmutter eingeliefert wurde. Ich wußte schon damals, daß es nur eine Frage der Zeit ist, bis ihre Kräfte freigesetzt werden, wenn sie erst einmal den Löffel abgegeben hat. Und daß die Kräfte sich in euch manifestieren würden, wenn ihr wieder zusammentrefft.«

Er grinste böse. »Ich mußte nur darauf warten, bis Phoebe wieder zurückkehrt.«

In Piper zerbrach etwas. »Du warst das. Du hast die ganzen Frauen getötet!«

»Nicht Frauen«, korrigierte *er*, »Hexen!«

»Aber warum?« preßte sie hervor, während ihr Tränen über das Gesicht liefen.

»Nur so konnte ich mir ihre Kräfte aneignen.«

Zu Demonstrationszwecken hob *er seine* linke

Hand in die Höhe und ließ die Finger wie Christbaumkerzen brennen. Das hatte *er* von einer alten Hexe in Bakersfield.

Er hielt eine Sekunde lang inne, und eine schreckliche Veränderung ging mit *ihm* vor. *Seine* Gesichtszüge schienen sich zu verzerren und in alle Richtungen zu dehen, als ob eine Klaue von innen gegen *seine* Haut drückte. *Sein* Kinn wurde länger, *seine* Lippen zogen sich zurück und gaben den Blick auf schwarze Reißzähne frei. Die Augenbrauen bogen sich an den Außenseiten nach oben, was *ihm* etwas zusätzlich Satanisches gab.

Er war ein Dämon. Piper kannte zwar nur die einschlägigen Darstellungen solcher Höllengeschöpfe aus verschiedenen Büchern, aber diese Kreatur war ganz sicher einer. Und *er* hatte eine Waffe. Und *er* wollte ihr ans Leben.

Seine Stimme war jetzt nur noch ein tiefes Röcheln. »Und jetzt will ich deine Kräfte!«

Er hob den Arm und stieß ruckartig mit dem Dolch zu.

Piper reagierte panisch und instinktiv zugleich. Es gehörte nur ein wenig Konzentration dazu. Sie riß die Arme hoch und stieß einen kurzen Schrei aus, der eher vom Schreck herrührte.

Erneut erstarrte alles um sie herum. Der Aufzug kam zum Stehen, selbst die Staubkörner in der Luft schienen wie festgefroren. Und *er* wirkte wie eine gruselige Wachspuppe aus einem Horrorkabinett.

Hektisch sah sie sich um. »Denk nach, Piper, denk nach. Ganz ruhig, okay, ganz ruhig.«

Im Kampf hatte sie gegen *ihn* nicht den Hauch einer Chance, und eine Waffe besaß sie auch nicht. Somit blieb nur die Flucht!

Sie trat zur offenen Seite des Aufzugs und stemmte die Gitter auseinander. Gott sei Dank waren sie nur noch einen Meter vom nächsten Stockwerk entfernt, was es Piper ermöglichte, halbwegs sicher aus dem Lift zu klettern. Schnell zog sie sich an dem staubigen Holzboden hoch, als sie plötzlich eine eiskalte Klauenhand an ihrem linken Knöchel spürte!

Sie schrie erneut auf, und *er* lachte bösartig, während er begann, sie wieder in den Aufzug zurückzuziehen. Ihre Hände suchten verzweifelt Halt, und plötzlich hatte sie ein Vierkantholz in der Hand, das wohl ein Handwerker hier vergessen hatte.

Blitzschnell drehte sie sich um und schlug zu.

Der Hieb erwischte *ihn* schwer am Kopf. Piper hatte keine Ahnung, ob Dämonen von so etwas zu beeindrucken waren, aber die Wucht warf ihn zurück, wobei er ihren Knöchel losließ.

Sie verlor keine Sekunde, denn sie wußte, daß es nun um ihr Leben ging. Rasch kam sie auf die Beine und erblickte im hinteren Teil der Halle eine Treppe, die nach unten führte.

Ihre Gedanken schlugen Purzelbäume. Es war nicht weit bis nach Hause. Wenn *er* sie nicht einholte, konnte sie die Strecke schaffen. In der Schule war sie immer gut in Leichtathletik gewesen ... Sie rannte los.

Irgendwie schaffte sie es auf die Straße.Es regnete wieder in Strömen.

Aber Piper wußte, daß die Jagd erst begonnen hatte ...

Der alte Anrufbeantworter krächzte ein wenig, als er die einzige Nachricht ausspuckte: »Prue, Roger hier. Ich will dich zurück. Ernsthaft, laß uns reden.«

Phoebe drückte sofort die »Löschen«-Taste. Sie hatte ihn nie leiden können. Dann hörte sie ihre ältere Schwester aus der Küche kommen.

»Also, Piper ist definitiv nicht da«, sagte Prue, während sie eine Siamkatze auf dem Arm hielt und streichelte, »es sei denn, sie hat sich in eine Katze verwandelt.«

Phoebe war überrascht, das Tier schon wieder zu sehen. »Wie ist die denn reingekommen?«

Prue zuckte mit den Schultern. »Jemand muß ein Fenster offen gelassen haben. Hat Piper eine Nachricht hinterlassen?«

Phoebe schüttelte den Kopf. »Ist vermutlich mit Jeremy unterwegs. Roger hat aber angerufen.«

»Ja, ich hab's gehört.«

Phoebe nahm das als ein gutes Zeichen.

In diesem Moment war die Haustür zu hören, und die Stimme einer außerordentlich erschöpften und verängstigten Piper: »Prue?«

»Hier drinnen«, rief Prue aus dem Wohnzimmer und setzte die Katze auf den Boden.

Als Piper den Raum betrat, erkannten die Schwestern sie kaum wieder. Sie war pitschnaß, dreckig, zerzaust, völlig außer Atem, und dem Entsetzen in ihrem Gesicht nach zu urteilen, war sie dem Leibhaftigen begegnet. Weder Phoebe noch Prue konnten ahnen, wie nah diese Vermutung an die Wirklichkeit herankam.

»Du meine Güte«, stieß Prue hervor, »was ist denn mit dir passiert?«

»Schnell«, keuchte Piper, »schließt die Tür, verriegelt die Fenster, wir haben nicht viel Zeit. Phoebe, steht im ›Buch der Schatten‹ auch, wie man einen«, sie suchte nach dem richtigen Wort, »einen Hexer besiegen kann?«

Die Schwestern sahen sich fassungslos an.

»Oh, mein Gott«, flüsterte Prue.

Der Schlag mit dem Holz hatte *ihn* unvorbereitet getroffen. Die anderen Hexen hatten sich nicht so gewehrt. *Er* rappelte sich auf, verließ den Aufzug und machte sich auf den Weg.

Kein Problem. *Er* wußte ja, wo sie wohnten.

Und nun würde *er* sie sich holen.

Alle drei.

»Wir sollten die Polizei rufen«, meinte Prue und dachte dabei an einen ganz speziellen Beamten.

»Und was sollen wir denen erzählen?« warf Piper ein. »Daß wir Hexen sind? Daß ein Dämon mit unvorstellbaren Kräften vorhat, uns zu töten, um uns unserer magischen Fähigkeiten zu berauben? Selbst wenn sie kämen, hätten sie keine Chance gegen Jeremy, und dann wären wir dran.«

Phoebe trat zu ihnen; sie hielt das »Buch der Schatten« in Händen. »Ich glaube, ich habe die Antwort.

Das könnte unsere einzige Chance sein. Kommt mit.«

Die Schwester plazierten sich auf dem Dachboden um ein Pentagramm, das Phoebe schnell mit Kreide auf den Holzboden gemalt hatte. Dann entzündeten sie die Kerzen, die in dem Kreis aufgestellt waren.

Die jüngste der Halliwell-Schwestern überwachte das Ritual. »Also, wir haben neun Kerzen, und das Hexenöl haben wir auch vergossen.«

»Ich zähle aber nur acht Kerzen«, meinte Prue.

Piper reichte ihr eine lächerlich kleine, bunte Kerze.

»Eine Geburtstagstorten-Kerze?!« fragte Prue ungläubig.

Phoebe drängte. »Sieht so aus, als wäre Großmutters Vorrat an Hexenutensilien vor ihrem Tod zur Neige gegangen.«

»Nun brauchen wir die Puppe«, sagte Phoebe.

Piper übergab Prue eine Knetgummi-Figur, die sie in aller Eile zusammengebastelt hatte. Prue legte sie in eine kleine Keramik-Schüssel, und preßte eine Rose von Jeremy darauf, bis die Dornen tief in die Knetmasse stachen. Dann stellten sie die Schüssel in die Mitte des Pentagramms.

»Okay, das müßte reichen«, meinte Prue wenig überzeugt, »jetzt brauchen wir den Bannspruch.«

Piper nahm das »Buch der Schatten« und begann vorzulesen, wobei sie den Zauber auf ihre Situation hin abwandelte. »Meine Liebe zu dir sei vergangen, deine Macht über mich entzwei, fahre hinfort, Jeremy, auf mein Verlangen, gibst meine Seele du frei.«

Die drei Halliwell-Frauen hielten den Atem an. Aus dem Innern der Puppe erglühte ein blaues Licht, das stärker und stärker wurde. Es erfaßte die Rose, und mit einem Blitz war sie verschwunden.

»Glaubst du, es hat funktioniert?« flüsterte Piper in die Stille hinein.

Phoebe griff unsicher nach der Puppe. In diesem Augenblick durchzuckte sie eine neue Vision, heftiger und intensiver als die vom Nachmittag.

Sie sah eine Seitenstraße mit einem Maschendrahtzaun, der einen Parkplatz eingrenzte. Es goß jetzt wie aus Eimern, und im ersten Moment erkannte Phoebe die Gestalt nicht, die sich schreiend gegen den Zaun warf und dann wimmernd zu Boden fiel. Das mußte Jeremy sein! Er brüllte wie ein verletztes Tier, und plötzlich stachen riesige Dornen aus seiner Haut, als wollte eine gigantische Rose aus seinem Innern hervorbrechen! Sein Körper zuckte hin und her. Schließlich gelang es ihm, wieder auf die Beine zu kommen, und er schleppte sich humpelnd weiter.

Phoebe schlug die Augen auf. Prue und Piper schienen von der Vision nichts mitbekommen zu haben, denn Prue hatte sich schon erhoben, während Piper begann, die Kerzen auszublasen.

»Halt!« rief Phoebe »Es hat nicht funktioniert!«

»Was?« fragte Prue.

»Der Bannspruch. Er hat ihn nicht aufgehalten!«

»Woher weißt du das?«

Phoebe wedelte nervös mit den Fingern. »Als ich die Figur berührte, hatte ich eine Vision.«

Prue und Piper kamen näher. »Du hast Jeremy gesehen, als du die Puppe angefaßt hast?« fragte Prue.

Phoebe nickte heftig. »Er ist auf dem Weg hierher.«

In Panik stürmten die Schwestern die Treppe hinunter in das Wohnzimmer. Es war wohl doch ratsam, die Polizei zu rufen. Oder die Nationalgarde. Oder einen Exorzisten ...

Sie hatten das Erdgeschoß gerade erreicht, als von der Eingangstür her ein häßliches Krachen ertönte. Die Haustür wurde förmlich aus den Angeln gerissen, und da stand *er*, von einem Blitz erleuchtet wie ein gefallener Engel.

Seine Haut war übsersät mit Wunden, und *seine* Kleidung war von Regenwasser und Blut getränkt, aber um seine Lippen spielte ein siegessicheres Grinsen.

Prue stellte sich instinktiv vor ihre Schwestern, und als *er* zwei Schritte auf sie zu machte, zischte sie *ihn* an: »Verschwinde!«

Mit einem konzentrierten Stoß ihrer Gedankenkraft schleuderte sie *ihn* gegen den Kleiderständer an der Wand.

»Verschwinde von hier«, rief sie erneut.

Ungerührt rappelte *er* sich auf, *er* grinste noch immer. »Cooler Partytrick, du Miststück. Bist ja immer die ganz toughe gewesen.«

Wieder kam *er* auf sie zu. Langsam, selbstsicher, genießerisch.

Prue versetze *ihm* erneut einen Stoß, auch wenn sie wußte, daß *ihn* das nur kurzfristig aufhalten würde. Sie deutete auf die Treppe. »Los, nach oben.«

Während sie die Stufen zum Dachboden im Galopp nahmen, keuchte Prue Phoebe zu: »Du hattest recht: Unsere Kräfte werden stärker.«

Sie erreichten den Speicher, und Prue nutzte ihre Kräfte, um die Tür mit einigen Kisten zu verrammeln. Dann schnappte sich Phoebe das »Buch der Schatten«, und gemeinsam stellten sie sich in den Hexenkreis. Jetzt konnten sie nur noch warten und hoffen.

»GLAUBT IHR, SO KÖNNT IHR MICH AUFHALTEN?« brüllte es mit überirdischer Lautstärke von draußen durch die Tür zum Dachboden. »ICH BIN EUCH WEIT ÜBERLEGEN.«

In einem hellen Lichtblitz zerbarst die Tür, und die Kisten wurden beseite gefegt wie Bauklötzchen. *Er* trat ein, nun wieder in *seiner* dämonischen Gestalt. »ICH WERDE EUCH TÖTEN, DANN SIND EURE KRÄFTE MEIN!«

Schritt für Schritt kam *er* langsam auf die vor Angst zitternden Schwestern zu, die sich aneinander klammerten. Es bestand nur noch die kleine Chance, daß der Hexenkreis *ihn* aufhalten konnte.

Er hielt inne, spürte die Anwesenheit der weißen Magie. Aus *seiner* rechten Hand schoß ein Feuerstrahl, der direkt auf die Schwestern zukam. Doch kurz bevor er sein Ziel erreichte, zerplatzte er an der unsichtbaren Mauer, die der Hexenkreis bildete.

Dafür teilten sich die Flammen in eine breite Feuerwand, die sich wie ein waberndes Tuch um den Hexenkreis legte.

Es wurde unerträglich heiß, und Phoebe, Prue und Piper drückten sich nicht länger in die Mitte des Kreises zusammen. Doch es gab kein Entkommen vor der Hitze.

»SEHT IHR?« höhnte *er*, »WARUM GEBT IHR NICHT AUF, DANN WIRD EUER TOD WENIGER SCHMERZHAFT SEIN!«

Piper gelang es, ihre Panik zu unterdrücken. Sie stieß ihre Schwestern an. »Erinnert ihr euch an die Aufschrift auf dem Hexenbrett?«

Phoebe dachte einen Moment lang nach, während der Schweiß an ihrem Gesicht herunterlief. »Die Macht der 3 macht uns frei!«

Er lachte noch immer, verzog aber das Gesicht, als *er* die Worte hörte.

Prue gab die Losung aus. »Alle zusammen, und immer wieder. Nur nicht aufhören.«

»Die Macht der 3 macht uns frei!«

Er schnaufte wütend. »DAS WIRD EUCH GAR NICHTS NÜTZEN!«

»Die Macht der 3 macht uns frei!«

Die Flammen um den Hexenkreis erstarben langsam.

»Die Macht der 3 macht uns frei!«

Er klappte zusammen, als hätte *er* einen Schlag in den Magen bekommen. »GEBT AUF!!!«

»Die Macht der 3 macht uns frei!«

»DAS IST ERST DER ANFANG!«

»Die Macht der 3 macht uns frei!«

»ICH BIN EINER VON VIELEN, WIR SIND LEGION.«

»Die Macht der 3 macht uns frei!«

»IHR SEID ALLEIN!«

»Die Macht der 3 macht uns frei!«

»WIR WERDEN SIEGEN!!!«

»DIE MACHT DER 3 MACHT UNS FREI!!!«

In diesem Moment schien ein Wirbelsturm durch den Dachstuhl zu fegen. Ein blaues Licht schoß von Ecke zu Ecke, um den Hexenkreis herum, und fand sein Ziel schließlich in *ihm*.

Der Kampf war kurz und heftig. *Er* krümmte sich im Schmerz, warf sich hin und her, aber der blaue Wirbel packte *ihn*, drehte *ihn* im Kreis, und warf *ihn* schließlich in die Höhe. Mit einem grausigen Krachen explodierte der Körper, und ein goldener Funkenregen erleuchtete für einen Moment den Speicher.

Er war besiegt. *Er* war vernichtet.

»Die Macht der 3«, sinnierte Prue, als die Schwestern ihre Fassung wiedererlangt hatten. Sie gingen langsam die Treppe in das Wohnzimmer hinab, und es schien so, als sei das Haus plötzlich ein wenig heller, auch ohne Beleuchtung. Aber vielleicht lag das auch nur am nachlassenden Gewitter.

Es hatte seit zwei Tagen nicht mehr geregnet. Fast schien es, als wollte sich das Universum damit für den ganzen Ärger bei den Halliwell-Schwestern entschuldigen.

Prue nahm gerade die Zeitung von der Treppe vor der Haustür, als ein Wagen anhielt. Andy Trudeau stieg aus, mit einem umwerfenden Lächeln auf dem Gesicht. »Guten Morgen«, strahlte er.

»Hi«, sagte Prue, während sie ihren Augen gegen die Morgensonne abschirmte, »das ist aber mal eine Überraschung.«

Er grinste verlegen und fuhr sich durchs Haar. »Ich fühle mich wegen dem miesen Kaffee neulich noch ein wenig schuldig. Ich will das wiedergutmachen.«

Prue legte den Kopf schief. »Und deshalb hast du mir jetzt eine Portion richtig guten Kaffee mitgebracht?« fragte sie und deutete auf den Becher in seiner rechten Hand.

Andy schien verwirrt. »Was? Nein, das ist meiner. Ich wollte dich eigentlich zum Abendessen einladen. Falls du nicht kneifst.«

»Warum sollte ich kneifen?«

Er trat jetzt auf der Stelle. »Na ja, wenn man erstmal Spaß hat, alte Erinnerungen aufwärmt, sich an gute Zeiten erinnert ...«

Sie lächelte. »Gutes Argument. Dann lassen wir es besser.«

Andy schien davon unbeeindruckt. »Okay. Also Freitag um acht?«

Sie zögerte einen Moment zu lange, und er spürte es. »Du kneifst doch!«

Sie schüttelte traurig den Kopf. »Ja, aber nicht aus dem Grund, den du mir vielleicht unterstellst. Mein Leben ist etwas ... komplizierter geworden.«

Damit konnte er nichts anfangen. Prue wollte ihn aber auch nicht so abfertigen. »Kann ich dich mal anrufen?«

»Klar«, sagte Andy, sichtlich enttäuscht. »Paß auf dich auf, Prue.«

Er nahm einen Schluck aus dem Kaffeebecher und stieg in seinen Wagen.

Als er davonfuhr, kam Phoebe mit der Katze auf dem Arm aus dem Haus. »Dachte ich mir doch, daß ich Andy gehört habe. Was wollte er?«

»Mit mir Essen gehen«, antwortete Prue seufzend.

»Und was hast du gesagt?« Jetzt war Phoebes Neugier geweckt.

»Ich wollte die Einladung annehmen, aber dann konnte ich es nicht. Ich meine, ich bin eine Hexe. Haben Hexen Rendezvous?«

Phoebes Antwort ließ nicht lange auf sich warten: »Hexen haben nicht nur Rendezvous, sie kriegen auch die besten Männer.«

Mittlerweile war auch Piper aus dem Haus gekommen. Sie hatte den letzten Satz gehört und mußte kichern.

Wie zur Bestätigung maunzte die Katze.

Prue fand das alles gar nicht komisch. »Ihr werdet nicht mehr lachen, wenn es euch betrifft.«

Phoebe sah die Sache eher philosophisch. »Wenigstens werden wir kein langweiliges Leben führen.«

»Aber nichts wird mehr sein wie früher«, warf Prue ein.

»Und das ist was Schlechtes?« hielt Phoebe dagegen.

»Es wartet ein Haufen Probleme auf uns«, prophezeite die Älteste.

»Prue hat recht«, stimmte Piper zu, »aber was sollen wir denn jetzt machen?«

Phoebe sah das ganz anders. »Die Frage ist doch, was sollen wir *nicht* machen? Wir sind Hexen! Wir sind weise, schlau und halten immer zusammen.«

»Mal was ganz Neues«, murmelte Prue mit einem sanften Lächeln, während sie zurück ins Haus gingen, und schloß die Eingangstür nur durch einen Fingerzeig ...

Auf dem Weg ins Revier ging Inspector Andy Trudeau die Katze nicht aus dem Kopf, die er auf Phoebes Arm gesehen hatte, als er weggefahren war. Es war definitiv das Tier von Abby Stark, und es trug sogar noch das Medaillon.

Er mußte dieser Sache auf den Grund gehen.

2

DAS »QUAKE« WAR WIEDER einmal rappelvoll. Viele der Leute, die in den umliegenden Firmen arbeiteten, kamen nach der Arbeit zum Essen hierher oder hielten hier ihre Meetings ab. Besonders auf den Außenplätzen, auf denen sich unter großen Schirmen die letzten Sonnenstrahlen des Tages wunderbar genießen ließen, ging es hoch her.

Piper balancierte verbissen drei Teller auf dem Weg durch das überfüllte Lokal. Heute lief auch alles schief: Die neue Bedienung hatte die Bestellung von Tisch 3 falsch aufgenommen, die beiden Spinner von Tisch 12 hatten sich zechprellend davongemacht, und der Lehrling hatte die hausgemachten Ravioli zu Tode gekocht. Sie stellte die Teller vor den schnöseligen Gästen ab, die nicht einmal ihre Handy-Gespräche unterbrachen, um sich zu bedanken. Auf dem Weg zurück in die Küche traf sie Phoebe, die eben zur Tür hereingekommen war.

»Ich bringe ihn um!« zischte sie ihrer jüngeren Schwester zu, während sie sich gemeinsam an die Bar stellten.

»Wen?« fragte Phoebe, obwohl sie sich angesichts des Chaos gut vorstellen konnte, wer gemeint war.

»Maître More. Das ist übrigens indianisch für ›Der mit dem getürkten Akzent schwätzt‹. Stellt mich ein, und schmeißt am nächsten Tag die Brocken hin, um sich einen Delikateß-Freßtempel in Fresno zu kaufen. Vielen Dank!«

Phoebe sah sich um. »Beschwert sich doch keiner.«

Piper warf ihrer Schwester einen vernichtenden Blick zu. »Phoebe, ich bin Köchin, keine Gastwirtin. Ich habe nicht die geringste Ahnung, was ich hier eigentlich mache. Ist das da mein Kleid?«

Phoebe sah schuldbewußt an sich herunter, und nutzte im nächsten Moment die Ankunft einer alten Bekannten, um vom Thema abzulenken. »Hi, Britney!«

Sie wandten sich um, um die gertenschlanke, hochgewachsene Blondine zu begrüßen, die sich zu ihnen an die Theke stellte.

Piper kannte die junge Frau nicht sehr gut, aber Phoebe war ein paarmal mit ihr um die Häuser gezogen.

Der jüngsten Halliwell-Schwester fiel sofort eine filigrane Tätowierung auf Britney linker Hand auf, direkt auf dem Übergang zwischen Daumen und Zeigefinger. Es war eine Engelsfigur. »Wow, cooles Tattoo. Ich dachte, so etwas auf der Hand wäre wegen der Blutvergiftungsgefahr illegal.«

Britney nickte. »Ist es auch, zumindest in den Vereinigten Staaten. Ich habe es mir auf Tahiti machen lassen.«

Piper versuchte an dem Gespräch teilzuhaben. »Magst du etwas trinken?«

Britney schüttelte den Kopf. »Ich bin spät dran. Bis dann.« Schon tauchte sie wieder in die Menge ab.

Neben Phoebe und Piper wurde ein Tablett mit Drinks abgestellt. Phoebe schnappte sich eine Ananasscheibe aus einer der Schalen, dabei berührte ihre Hand kurz eines der Gläser.

Da war es wieder!

Mittlerweile hatte sich Phoebe an das desorientierende Gefühl gewöhnt, wenn sie eine ihrer Visionen bekam. Sie atmete tief durch und versuchte, die leicht verzerrten Bilder so klar wie möglich aufzunehmen. Diesmal waren es Eindrücke vom »quake«, soviel stand fest. Ein gutaussehender Endzwanziger stand von seinem Tisch auf und kam auf die Halliwell-Schwestern zu. Er lächelte. »Hi. Ich heiße Alec, und ich habe Sie von da hinten beobachtet. Darf ich Sie auf einen Martini einladen?«

Das war es auch schon; die Vision verblaßte so schnell, wie sie gekommen war.

Piper, die davon nichts mitbekommen hatte, stieß ihre Schwester leicht an. »Okay, zurück zu dem Kleid.«

Phoebe sah sie mit leicht glasigen Augen an. »Siehst du den Typen hinter mir in der Ecke am Tisch?«

Piper hatte keine Lust, sich wieder vom Thema ablenken zu lassen, aber sie warf trotzdem einen Blick über die Schulter ihrer kleinen Schwester. Ja, da saß ein attraktiver junger Mann. Und er schaute zu ihnen herüber. Sie nickte Phoebe unauffällig zu.

Phoebe grinste. »Er heißt Alec, und gleich wird er rüberkommen und fragen, ob er mich auf einen Martini einladen darf.«

Piper war baff. »Woher weißt du das?«

Genüßlich schob sich Phoebe den Rest der Ananasscheibe in den Mund, während sie antwortete. »Sagen wir einfach, ich habe ein gutes Gespür, wer wen wie anbaggern will. Mit freundlicher Unterstützung einer klitzekleinen Vision.«

Das fand Piper jetzt gar nicht mehr lustig. »Was?! Phoebe, wir hatten uns doch darauf geeinigt, unsere Kräfte nicht zu mißbrauchen!«

Phoebe schüttelte den Kopf. »Falsch. Du und Prue, ihr habt euch geeinigt. Es ist ja nicht so, daß ich, ich meine ... ich kann es einfach nicht kontrollieren, es passiert einfach.«

Darauf wollte Piper auch hinaus. »Genau das ist es. Keine von uns hat ihre Kräfte wirklich im Griff, darum müssen wir vorsichtig sein. Wenn ich mich erschrecke, kann es passieren, daß ich aus Versehen das ganze Lokal einfriere, nur weil mein Unterbewußtsein aus Panik die Zeit anhält.«

Aus dem Thema wäre sicher eine längere Diskussion geworden, wenn sich der gutaussehende Mann vom Ecktisch nicht in dieser Sekunde erhoben hätte, um Phoebe anzusprechen. Er lächelte. »Hi. Ich habe Sie von da hinten beobachtet. Darf ich Sie auf einen Martini einladen?«

Phoebe sah zuerst den Mann an, dann ihre Schwester. »Wow, ein Martini. Sieh mal an. Das wäre jetzt genau das richtige. Dein Name ist Alec, stimmt's?«

Er sah sie verwirrt an. »Stimmt. Woher weißt du das?«

Phoebe lächelte geheimnisvoll. »Weibliche Intuition. Willst du ins Kino gehen?«

Begeistert bot ihr Alec seinen Arm an, während Piper deprimiert den Kopf auf den Tresen legte. »Wir sind alle verloren.«

Phoebe beugte sich noch einmal zu ihr hinunter. »Aktuelle Meldung: Vermeiden Sie größere Sorgen, denn nach neusten Studien fördern sie die Faltenbildung.«

Dann marschierte sie mit ihrer neuen Eroberung aus dem Lokal.

Britney wühlte in ihrer Handtasche nach dem Wagenschlüssel. Sie befürchtete schon, ihn im Waschraum des »quake« zurückgelassen zu haben, als sie das vertraute, metallische Geklapper zwischen ihren Fingerspitzen fühlte.

Sie hatte ihr kleines Sportcabrio auf dem Parkplatz des »quake« fast schon erreicht. Einen Moment lang dachte sie daran, das Verdeck wieder zurückzuklappen, aber es hatte in den letzten Tagen sehr häufig geregnet, und sie hatte keine Lust, ihren Wagen am Morgen mit einer Kaffeetasse auszuschöpfen.

Sie schloß das Auto auf und ließ sich in den Fahrersitz fallen. Auf den Gurt verzichtete sie, aber bei der Routinekontrolle fiel ihr auf, daß der Innenspiegel verstellt war. Sie seufzte und drehte ihn ein paarmal hin und her, um die richtige Position zu finden.

Zuerst dachte sie, die beiden roten Punkte im Rückspiegel wären ein Wagen, der direkt hinter ihrem stand. Als ihre Augen sich jedoch etwas besser an die Dunkelheit in dem Fahrzeug gewöhnt hatten, stellte sie fest, daß die beiden Leuchtflecke hinter ihr über der Rückbank schwebten. Und langsam schälten sich auch die umliegenden Konturen aus der Schwärze.

Es war ein Mann.

Ein Mann mit feuerrot leuchtenden Augen!

Britneys Mund öffnete sich zu einem Schrei, und ihre Hand griff instinktiv zum Türöffner. Doch es war zu spät.

Eine rauhe Hand, fast schon eine Pranke, legte sich blitzschnell um ihren Hals und riß sie nach hinten. Es gab keine Möglichkeit zur Flucht, keine Chance zur Gegenwehr.

Nur ein Kellner auf der Außenterrasse des »quake« bemerkte verwundert, daß der kleine Sportwagen leicht zu schaukeln schien ...

Prue fluchte leise. Wo war bloß der verdammte rechte Schuh? Sie kam sich wie eine schuldbewußte Variante von Schneewittchen vor, wie sie hier auf einem Fuß durch Andys Schlafzimmer hüpfte, immer darauf bedacht, keinen Lärm zu machen.

Draußen stiegen schon die ersten hellen Schleier am Horizont auf, und Prue wußte, das Andy Frühdienst hatte. Es war die letzte Chance, hier ohne Diskussion herauszukommen.

Endlich fand sie den Schuh. Er lag hinter dem Sessel, und trotz allem mußte sie grinsen, als sie daran dachte, wie er dort hingekommen war. Sie zog ihn an und griff nach ihrer Handtasche. Dabei stieß sie ein paar Zeitschriften, von der Anrichte, die geräuschvoll auf den Boden klatschten.

Andy drehte sich im Bett herum. Er schlief ein bißchen unruhig, was bei seinem Beruf als Polizist und nach dieser Nacht verständlich war.

Auf Zehenspitzen trippelte Prue in Richtung Tür.

Noch vier Schritte, noch drei, noch zwei ...

In diesem Moment piepste der Radiowecker, und sie bekam fast einen Herzinfarkt. Es dauerte einige Sekunden, bis sie das nervtötende Gerät im Halbdunkel erspäht hatte. Danach genügte minimale Konzentration, um das Kabel des Störenfrieds mit Gedankenkraft aus der Steckdose zu zerren und den Wecker durch die halboffene Balkontür nach draußen zu schleudern.

»Tut mir leid«, flüsterte sie, »ich kaufe dir einen neuen.«

Sie trat aus der Wohnung und ging Richtung Aufzug.

Andy war lange genug Polizist gewesen, um schon beim ersten Piepsen seines Weckers aus Morpheus' Armen zurückzukehren. Er öffnete müde die Augen. Nach zwei Sekunden kehrte die Erinnerung an die vergangene Nacht wieder.

»Prue?« murmelte er leise, während er die andere Betthälfte neben sich abtastete. »Prue? Bist du da?«

Er mußte feststellen, daß er auch an diesem Morgen wieder alleine frühstücken würde.

Piper gehörte nicht zu den Menschen, die schon am frühen Morgen den Fernseher einschalteten. Die hirntote Mischung aus lauten Talkshows, dümmlichen Spielen und unerträglichen Seifenopern verursachte ihr Kopfschmerzen. Heute jedoch machte sie eine Ausnahme: Der Bildungskanal brachte eine Dokumentation über – Hexen.

»Sie als Gespielinnen des Teufels zu entlarven«, dozierte der Sprecher mit düsterer Stimme, während im Hintergrund schaurige zeitgenössische Bilder eingeblendet wurden, »war keine leichte Aufgabe für die Beisitzer der Hexenprozesse von Salem. Doch es kam zu einem erstaunlichen Zwischenfall. Eine der Beschuldigten, Mary Esteen, rannte zur Kirche, um vor Gott ihre Unschuld zu bezeugen. Es tat einen Donnerschlag, und vom Blitz getroffen sank sie zu Boden. Nach Ansicht des Gerichts hatte damit der Herr selbst gesprochen, indem er dem Bösen den Zutritt zu seinem Haus verweigerte. Die Hexen wurden in der Folge der Ketzerei schuldig gesprochen, und bei lebendigem Leib auf dem Scheiterhaufen verbrannt.«

Piper schüttelte sich, während sie ihre Tasse ausspülte.

In diesem Augenblick kam Prue in die Küche, entdeckte noch einen Rest Kaffee in der Kanne, und schenkte sich glücklich davon ein. Sie warf einen Blick auf den kleinen TV-Apparat. »Was guckst du da?«

Piper drückte hastig auf den Aus-Knopf der Fernbedienung. »Nichts. Ich meine, nur eine Dokumentation. Über Hexen.«

Prue sah sie eindringlich, aber belustigt an. »Hast du Angst, auf dem Scheiterhaufen zu enden?«

Piper knetete ihre Hände. »Unsinn ... Ach ja, Andy hat angerufen.«

Die älteste der Halliwell-Schwestern war überrascht. »Wann?«

»Eben, als du unter der Dusche warst.«

»Was hast du ihm gesagt?«

»Daß du unter der Dusche bist. War das Date denn so schlimm?«

Prue begann, die Kaffeetasse zwischen ihren Händen hin und her zu drehen. »Nein, gar nicht. Du weißt schon: Abendessen, Kino ... Sex.«

Piper, die bisher nur mit einem halben Ohr zugehört hatte, war nun voll bei der Sache. »Im Ernst? Beim ersten Date?« Sie grinste. »Du Luder.«

Es war ja nicht wirklich unser erstes Date«, verteidigte sich Prue.

Piper winkte ab. »Highschool zählt nicht, das war noch in den 80ern. Also, raus damit.«

Prue schwieg.

Piper blies lautstark Luft aus. »So schlecht?«

»Nein, nicht wirklich«, gab Prue zu, »es war sogar sehr gut. Aber darum geht es nicht. Ich hatte mir vorgenommen, es langsam angehen zu lassen, mir etwas Zeit zu nehmen. Es hätte nicht passieren dürfen.«

»Was hätte nicht passieren dürfen?« warf Phoebe ein, die gerade mit wild abstehenden Haaren in die Küche geschlurft kam.

»Prue hat mit Andy geschlafen«, rutschte es Piper heraus.

»Hallooooo!« quietschte Phoebe begeistert.

»Vielen Dank, Plaudertasche«, zischte Prue Piper zu, die entschuldigend die Schultern hob.

»Was, du wolltest es Piper erzählen, mir aber nicht?«

Prue sah ihr ins Gesicht. »Wo wir gerade bei letzter Nacht sind, wann bist *du* denn nach Hause gekommen?«

»Nicht das Thema wechseln«, protestierte Phoebe.

»Es muß sehr spät gewesen sein ...« Piper grinste.

»Mindestens nach drei Uhr«, ergänzte Prue.

»Tja, mein Biorhythmus ist eben noch auf New Yorker Zeit eingestellt«, verteidigte sich Phoebe.

»Demnach wäre es also noch später gewesen«, gab Prue zu bedenken.

»Kann es sein, daß du und Alec ...«, begann Piper.

»Moment mal, wer ist Alec?« unterbrach Prue.

»Ein scharfes Stück Frischfleisch, das sie sich im »quake« in Zeitungspapier eingewickelt hat.«

»Geschichtsverfälschung«, protestierte Phoebe lautstark, »du weißt genau, wer wen angebaggert hat. Das belegt nicht nur meine Vision.«

»Vision?« echote Prue. »Bitte sag nicht, daß du deine Kräfte für so etwas benutzt hast.«

Sie blickte hilfesuchend zu Piper, die nur resignierend die Hände hob. »Zieh mich bloß nicht da mit rein.«

»Du bist zwischen uns geboren worden«, erinnerte sie Prue, bevor sie sich wieder an Phoebe wandte. »Ich dachte, wir seien uns einig gewesen.«

»Nein«, korrigierte Phoebe, »waren *wir* nicht. *Du* hast dich geeinigt und das Gesetz verkündet. Kleiner, aber feiner Unterschied.«

Prue atmete tief durch. »Phoebe, unsere Kräfte sind kein Spielzeug. Wenn wir nicht vorsichtig sind, kann es uns das Leben kosten.«

»Sie hat recht«, pflichtete Pieper bei, »wir sind nicht scharf auf irgendwelche Hexer, die uns nach unseren Kräften trachten.«

Phoebe verstand die ganze Aufregung nicht. »Es war doch nur *eine* lausige Vorhersehung! Nichts passiert, keine Panik! Und ihr könnt eure Kräfte doch genausowenig kontrollieren wie ich. Nebenbei: Gestern Nacht ist nichts gelaufen. Zumindest nichts, wofür ich mich schämen müßte.«

Prue war dankbar für diese Überleitung. »Das ist ein gutes Stichwort. Andy hat mir nämlich erzählt, daß jemand hier in der Gegend Frauen kidnapped.«

»Kidnapped? Wozu? Wegen Lösegeld oder so?« wollte Piper wissen.

»Keine Ahnung«, seufzte Prue, »aber es macht deutlich, daß wir uns nicht nur vor Hexern in acht nehmen müssen. Und noch etwas: Ich schäme mich auch für nichts, was gestern Nacht passiert ist.«

Max war von der Sorte Strahlemann, der man nichts abschlagen kann. Aber sein sonniges Gemüt war ernsthaft betrübt, und die roten Ränder unter seinen Augen deuteten darauf hin, daß er in der Nacht nicht viel geschlafen hatte.

»Britney ist heute nicht heimgekommen«, erklärte er Andy Trudeau und Daryl Morris, »und das ist überhaupt nicht ihre Art.«

Daryl sah von seinem Notizblock auf. »Wann ist sie ins »quake« gefahren?«

»Gegen acht Uhr dreißig. Um zehn rief sie nochmal

an, um zu sagen, daß sie sich auf den Weg macht. Ich mache mir wirklich Sorgen.«

Andy sah ihn von seinem Schreibtisch aus vertrauenerweckend an. »Die Chance, daß sie wieder auftaucht, stehen ziemlich gut. Das zeigen unsere Erfahrungen.«

Daryl legte dem besorgten Mann die Hand auf die Schulter. »Und in der Zwischenzeit sollten Sie daheim sein, falls sie anruft. Werden Sie das tun?«

Max nickte unentschlossen. »Okay. Danke.«

Kaum hatte er das Großraumbüro des Reviers verlassen, als sich Andy mit düsterer Miene Daryl zuwandte. »Das ist schon die vierte diese Woche.«

»Die Frauen lösen sich doch nicht einfach in Luft auf«, schimpfte sein Partner entnervt.

»Zumindest können wir die Jagdgründe des Täters langsam abstecken. Es handelt sich immer um das Umfeld des ›quake‹.«

»Ich schätze, damit haben wir wieder ein paar Nachtschichten gewonnen, oder?«

Andy Trudeau seufzte. Genau das paßte ihm im Moment ganz und gar nicht.

Die St. John-Kirche war kein architektonisch beeindruckender Bau. Das Gotteshaus war schlicht, gradlinig, aber dennoch solide und einladend gestaltet worden. Hier empfingen die Gläubigen die Messe und die Armen die Speisung.

Piper betrachtete die einfache Kirche aus dem Kleinlaster des »quake« heraus. Ihr Blick fixierte die wuchtige, doppelflügelige Eichentür mit den schweren, schmiedeeisernen Griffen.

Die Sache mit Mary Esteen aus der TV-Dokumentation ging ihr nicht mehr aus dem Kopf. Konnten Hexen wirklich keine Kirchen betreten? Was war dann mit weißen Hexen? Piper hatte gedacht, als »weiße Hexe« auf der Seite der »Guten« zu stehen. Oder waren sie damit nur abtrünnige »Böse«?

Diese Frage bereitete ihr ernste Kopfschmerzen. Als einzige der drei Halliwell-Schwestern war sie immer gern in die Sonntagsschule und zur Messe gegangen, früher hatte sie sogar regelmäßig gebeichtet. Der Gedanke, von der Kirchengemeinde ausgeschlossen zu sein, belastete sie mehr, als sie zugeben wollte.

Sie fuhr erschrocken zusammen, als jemand an die Scheibe ihres Wages klopfte. Als sie sich wieder beruhigt hatte, erkannte sie das freundliche Gesicht von Pastor Williams. Piper kurbelte die Scheibe herunter. »Pastor William! Gott, Sie haben mich jetzt aber erschreckt.«

Der junge schwarze Geistliche lächelte verlegen. »Tut mir leid, Miss Halliwell. Sind Sie nicht etwas früh dran?«

Als er Pipers verständnislosen Blick sah, fuhr er fort: »Ich meine, um die überschüssigen Speisen für die Armen zu bringen. Ich dachte, Sie kommen erst heute nachmittag.«

Endlich begriff sie. »Natürlich. Ja. Ich komme auch heute nachmittag. Ich meine, ich komme nochmal.«

»Okay«, sagte der Pastor gedehnt, »was führt Sie dann jetzt hierher?«

»Oh, eigentlich gar nichts. Ich denke nur so nach.«

»Und worüber?«

»Mary Esteen.«

Pastor Williams verstand kein Wort. »Wer?«

»Oh, der Name fiel in einer Fernsehdokumentation.«

Sie biß sich einen Moment lang auf die Zunge, aber dann mußte es doch raus: »Mal eine Frage: Ist es wahr, daß Diener des Bösen nicht in Kirchen gehen können, ohne gleich ...«

Sie imitierte das Geräusch eines krachend einschlagenden Blitzes.

Pastor Williams lächelte etwas steif. Er konnte dieses Gespräch überhaupt nicht einordnen. »Diener des Bösen? Sie meinen so etwas wie Vampire?«

»Nein«, sagte Piper und lachte falsch. »Ich dachte eher an so etwas wie Hexen?!«

»Hexen?« Pastor Williams atmete tief durch und dachte einen Moment lang nach. »Sagen wir mal so: Ich würde in so einem Fall kein Risiko eingehen wollen.«

Er sah auf seine Uhr. »Huch, ich muß los. Wir sehen uns dann später.«

Piper winkte ihm nach. »Klar. Sicher. Bis dann.«

Das hatte sie jetzt keinen Schritt weiter gebracht.

Was nun?

Sie stieg langsam aus dem Wagen. Wie es aussah, mußte sie es auf einen Test ankommen lassen. Die Sache war ihr wichtig, und sie hoffte inständig, den Tag nicht als Aschehäufchen vor dem Kirchenportal zu beenden.

Sorgfältig setzte sie einen Fuß vor den anderen. Mit jedem Schritt schien der dunkelgraue Kirchturm zu wachsen. Wie der erhobene Zeigefinger Gottes streckte er sich in den Himmel, der nun doch ein paar dunkle Wolken zusammenballte, die Piper vorher nicht bemerkt hatte.

Die Stufen, die zum Portal führten, schienen Piper noch vergleichsweise harmlos, und tatsächlich wurde sie nicht vom Zorn des Herrn niedergestreckt, als sie die Betontreppe hinaufschlich.

Innerlich war sie heilfroh, daß niemand in der Nähe war. Bestimmt sah das, was sie hier machte, außerordentlich befremdlich aus.

Noch drei Schritte bis zur Tür.

Piper dachte daran, daß sie reinen Herzens war. Na ja, bis auf die Tatsache, daß sie eine Weile lang mit einem frauenmordenden Hexer ausgegangen war. Aber das war nicht ihre Schuld gewesen!

Noch zwei Schritte bis zur Tür.

In Rekordzeit versuchte Piper, den Rosenkranz zu beten, aber sie hatte das meiste vergessen. Vielleicht hätte sie Phoebe und Prue einen Brief hinterlassen sollen, um sie vor einem gleichen etwaigen Schicksal zu bewahren.

Noch ein Schritt bis zur Tür.

In diesem Augenblick krachte es vom Himmel her, als habe der Herrgott persönlich mit der Handkante einen brüchigen Schreibtisch zerlegt. Der Donner schien ein Aufbrechen der Erdkruste ankündigen zu wollen, Armageddon und Jüngstes Gericht im praktischen Doppelpack.

Piper drehte sich auf dem Absatz um und stürmte zurück zum Lastwagen. Panisch fummelte sie den Schlüssel in das Schloß und startete das Auto.

Als sie wie von himmlischen Heerscharen gehetzt den Hügel hinunterraste, fuhren ihre Gedanken Achterbahn. Zufall? Göttliche Warnung? Niedriger Luftdruck, verbunden mit unterschiedlich temperierten Luftmassen?

Pastor Williams hatte recht: Nur kein Risiko eingehen.

Der glatte Marmorboden in der Empfangshalle des Gebäudes, in dem sich auch »Buckland Auktionen« befand, war tödlich für Prues Absätze. Aber sie hatte auf ihre »Killer-Pumps« nicht verzichten wollen, um bei dem Bewerbungsgespräch Eindruck zu machen. Sie war lange genug dabei, um zu wissen, daß Intelligenz und Charme zwar von Vorteil waren, ein attraktives Äußeres aber mindestens ebenso schwer wog. Zumindest bei männlichen Chefs. Und die waren in der Kunstbranche nun einmal in der Überzahl.

»Halt, warten Sie auf mich!« rief sie, als sich die Aufzugtüren gerade schlossen. Es gelang ihr gerade noch, eine Hand in den Spalt zu schieben und damit die Lichtschranke zu unterbrechen. Sie drängelte sich in den Aufzug hinein und fand sich inmitten einer Meute von Männern wieder, deren Augen gleich auf Wanderschaft gingen.

Bei dem Versuch, die Taste für den 14. Stock zu drükken, rutschten ihr die Bewerbungsunterlagen aus der Hand und fielen zu Boden.

»Verdammt«, entfuhr es ihr leise. Sie bat den Mann rechts von ihr, den Knopf zu drücken, was dieser mit einem bemüht smarten, aber dennoch eher schleimigen Grinsen tat. Wenigstens hatte der Typ links von ihr seine Manieren beisammen, denn er bückte sich sofort eilfertig mit den Worten: »Darf ich Ihnen helfen?«

Während er die Unterlagen aufsammelte, musterte Prue ihn wie ein Kunstwerk, das sie für ein Museum taxierte. Gut, aber nicht zu teuer gekleidet, dezent, manikürt und frisch frisiert, Typ Hugh Grant, definitiv Engländer. Vielleicht 30, höchstens 32, Produkt einer guten Privatschule.

Der Blick des Mannes fiel auf einen Prospekt, den Prue unter ihren Unterlagen hatte. »Die Kunst des 18. Jahrhunderts? Arbeiten Sie oben im Auktionshaus?«

Prue sah ihm nicht in die Augen, während sie die restlichen Dokumente aufsammelte. »Nein, ich habe dort ein Bewerbungsgespräch. Falls ich es noch rechtzeitig schaffe.«

Als sie sich wieder aufrichtete, klingelte ihr Handy.

Unwillkürlich fingen die Kerle um sie herum wieder an zu grinsen. Prue ärgerte sich, daß sie das Ding nicht abgeschaltet hatte. Wieso hatte sie hier drin überhaupt Netzempfang?

Peinlich berührt nahm sie das Gespräch entgegen. »Ja?« flüsterte sie.

»Hier ist Andy«, kam es vom anderen Ende der Leitung.

Prue rollte mit den Augen, was dank der spiegelnden Aufzugtüren jeder ihrer »Begleiter« sehen konnte.

»Woher hast du diese Nummer?« fragte sie eine Spur schärfer, als sie eigentlich wollte.

Andy klang ein wenig beleidigt. »Ich bin bei der Polizei, erinnerst du dich? Prue, ich denke, wir sollten uns unterhalten.«

Prue fühlte sich wie auf Kohlen. »Ich bin gerade wirklich spät dran, was dieses Bewerbungsgespräch angeht.«

»Ich wollte nicht, daß das letzte Nacht passiert«, sagte er, ohne auf ihre Situation einzugehen. »Das solltest du wissen.«

Sie wollte dieses Gespräch nicht führen. Nicht hier. Nicht jetzt. Aber dieser Spruch verdiente eine Antwort. »Na ja, andererseits ist das wahrscheinlich eh kein Job für mich. Ein spießiges, muffiges Auktionshaus, ich weiß gar nicht, wieso die mich überhaupt angerufen haben.«

Andy seufzte. Er war nicht gut in solchen Sachen. Lieber hätte er jetzt ein paar harte Jungs verhört. »Prue, hör mir zu. Wir kennen uns schon sehr lange. Es ist halt passiert. Wir konnten nichts dagegen tun. Was war denn schon? Wir hatten Sex!«

Prue war überzeugt, daß das Wort »Sex« mit 120 Dezibel aus dem Hörer ihres Handys schnarrte, und das Grinsen der Typen im Aufzug um drei Grad schmieriger wurde. Selbst »Hugh Grant« konnte nicht verhindern, daß sich seine Mundwinkel nach oben kräuselten.

»Ich weiß, was geschehen ist«, sagte Prue und schickte ein Stoßgebet zum Himmel: Lieber Gott, laß dieses Gespräch enden. Hatten Männer denn gar kein Gespür für den richtigen Augenblick?

Andy offensichtlich nicht. »Ich komm' da nicht mit, Prue. Warum bist du heute morgen einfach rausgeschlichen?«

Prues Antwort fiel lauter als erwünscht aus, und wieder richteten sich alle verstohlenen Blicke auf sie. »Ich habe mich nicht rausgeschlichen. Du hast geschlafen, und ich wollte dich nicht wecken.«

In diesem Moment kam nur noch ein Rauschen aus dem Apparat. Der Netzempfang war unterbrochen. Jetzt! Klasse! Wütend klappte Prue das Gerät zusammen und verstaute es wieder. So geladen, wie sie war, würde sie das Bewerbungsgespräch garantiert verbocken.

Um sie herum brach plötzlich ein allgemeines Geräusper aus, was der unbrauchbare Versuch war, unmännliches, aber nichtsdestotrotz pubertäres Gekichere zu unterdrücken. Prue verschoß ein paar böse Blicke in Richtung Männerwelt und schaute dann auf die Anzeigetafel. Gerade blinkte die »9« auf, und es sah so aus, als würden noch mindestens drei elend lange Stopps zwischen ihr und dem Bewerbungsgespräch stehen.

Nein. Diesmal nicht. Prue war sauer. Und gewohnt, ihren Willen zu bekommen.

Sie blickte die Anzeigetafel des Aufzugs scharf an. Es tat einen unmerklichen Ruck, und die Tür, die gerade dabei gewesen war, sich zu öffnen, schloß sich wieder. Ein Mann, der aussteigen wollte, stieß ein protestierenden »Hey!« hervor. Danach ging es schnurstracks am zehnten, elften und zwölften Stock vorbei.

Prue lächelte dünn. Die Beschwerden im Aufzug mehrten sich, Knöpfe wurden unablässig gedrückt, aber der Lift ließ sich auf seinem Nonstop-Weg zu Prues Ziel nicht aufhalten.

Im vierzehnten Stock öffneten sich die Türen, und Prue trat heraus. Jetzt ging es ihr besser. »Hugh Grant« murmelte: »Komische Sache. Na ja, Sie hat's ja nicht getroffen.«

»Tja«, meinte Prue, während sie sich vom Aufzug entfernte, »ich bin eben vom Glück auserwählt.«

Sie war nicht mal sicher, ob das jemand gehört hatte.

Phoebe hatte sich geirrt, soviel stand fest.

Prue hatte ihre Kräfte unter Kontrolle.

Und jetzt zum Bewerbungsgespräch.

Phoebe gab sich alle Mühe, aber die Aushilfsarbeit im »quake« war nichts für sie. Sie tat es nur für Piper. Eigentlich war regelmäßige Arbeit an sich nichts für Phoebe, und sie gestand sich das auch offen ein. Aber seit dieser Bocuse für Arme namens More die Fliege gemacht hatte, mußten alle im »quake« mithelfen, so gut es ging.

Phoebe schnappte sich zwei Speisekarten und machte sich auf den Weg zu dem Yuppie-Pärchen an der Bar. Sie, Typ rothaarige Tochter von wichtigem Stadtverordneten, er, Typ männliches Ex-Model mit markanter »Knie weich«-Aura.

»Bitte schön«, sagte sie und reichte den beiden die Karten. Unwillkürlich blieb ihr Blick einen Augenblick länger als gewollt an dem Mann hängen.

Da war etwas ...

Sie schüttelte den Kopf und drehte sich um. Ach was, das waren allenfalls ihre Hormone, die durchdrehten.

Eine Sekunde später fiel es ihr jedoch wieder ein. Erneut drehte sie sich zu dem Gast, der schon dabei war, mit seiner Begleiterin die Getränke-Reihenfolge abzustimmen. »Entschuldigen Sie, aber sind Sie nicht Stefane?«

Phoebe war stolz darauf zu wissen, daß man den Namen französisch aussprach.

Er deutete ein Lächeln an. Die Bescheidenheit des Erfolges. »Ja. Kennen wir uns?«

Sie winkte schüchtern ab. »Wohl kaum. Aber ich kenne Ihre Arbeiten. So wie der Rest der Welt.«

Jetzt lächelte er wirklich, während seiner Begleiterin die Gesichtszüge einfroren. »So weit würde ich nicht gehen. Aber wer wehrt sich schon gegen das Kompliment einer umwerfend schönen Frau.«

Phoebe hatte schon zu viele Schmeicheleien von zu vielen Männern gehört, um sich davon nicht allzusehr aus dem Tritt bringen zu lassen. »Ich bin sicher, das wird ihre Freundin hier sehr gerne hören.«

Stefane beugte sich leicht vor und flüsterte: »Sie ist gar nicht meine Freundin.«

Phoebe beugte sich ebenfalls näher heran: »Warum flüstern Sie dann?«

Jetzt reichte es der Rothaarigen endgültig. Sie schnappte sich ihre Handtasche, sprang mit einem »Entschuldigen Sie« vom Stuhl und trippelte davon. Ob in Richtung Toilette oder Ausgang, konnte Phoebe nicht sagen. War auch egal. »War nett, Sie kennenzulernen«, rief sie noch hinterher.

Damit wandte sie sich wieder Stefane zu, der in seiner Prada-Jacke erfolgslos nach einer Visitenkarte suchte. Schließlich nahm er eine Serviette und kritzelte mit seinem Kugelschreiber eine Adresse darauf. »Hören Sie, ich bin noch ein paar Tage in der Stadt, um für den neuen Porsche-Kalender zu fotografieren. Wenn Sie Interesse haben, dann schauen Sie mal vorbei. Ich würde Sie gerne fotografieren. Sie sind doch Model?«

»In meinen Träumen«, sagte Phoebe, und nahm wie in Trance die Serviette entgegen.

Jetzt hatte er sie doch am Haken. Das war kein Aufschneider, der mit ihr primitive Oben-ohne-Bilder für Armee-Magazine machen wollte. Das hier war Stefane!

Sie lächelte ihm kurz zu und ging wieder in Richtung Küche. Piper fing sie ab: »Sag mal, kannst du für mich nachher eine kleine Lieferung übernehmen?«

Geistesabwesend nickte Phoebe. »Siehst du den Typ an der Bar?«

Piper blickte über die Schulter ihrer Schwester. »Welchen?«

»Den, der mich ansieht.«

Piper atmete tief durch. Sie hatte keine Zeit für Spielchen. »Phoebe, die meisten Männer hier starren dich an.«

»Nein, ich meine diesen dunklen Typ, sehr sexy, düster, total New York.«

Piper sah nochmal hin. »Nein.« Und damit war sie

auch schon wieder weg, um sich um ihre Gäste zu kümmern.

Phoebe drehte sich um. Stefane war fort.

War das nur ein Traum gewesen?

Aber sie hatte noch die Serviette in der Hand. Die Serviette mit seiner Adresse.

Die Sekretärin von Rex Buckland war eher mitteilsamer Natur. »Ich muß sagen, Miss Halliwell, ihre Bewerbungsunterlagen sind sehr beeindruckend. Die Konkurrenz ist allerdings sehr groß: Wir haben bereits sechs Bewerber in die engere Wahl gezogen.«

Prue antwortete, während sie der Frau durch die Gänge von »Buckland Auktionen« folgte. »Ich weiß ehrlich gesagt nicht einmal, warum Mr. Buckland Interesse an mir hat. Ich habe mich ja nicht einmal beworben.«

Die Sekretärin schien das nicht ungewöhnlich zu finden. »Ihm ist Ihre Arbeit im Museum aufgefallen. Allerdings hat es uns schon sehr verwundert, daß Ihr Ex-Chef Sie nicht gerade in den Himmel lobt. Gibt es dafür einen speziellen Grund?«

»Nein«, seufzte Prue, »wenn man mal von seinem zerstörten männlichen Ego absieht. Er ist nämlich auch mein Ex-Freund.«

»Verstehe.« Die Sekretärin zwinkerte freundlich.

Die beiden Frauen standen jetzt vor einer großen Tür, an der mit goldenen Buchstaben der Name »Rex Buckland« prangte. Die Sekretärin sah Prue fest an. »Fertig?«

Prue nickte und nahm sich zusammen. »Fertig!«

Dann öffnete die Vorzimmerdame die Tür und verkündete: »Mr. Buckland? Hier ist Miss Halliwell, die sich um den Job der neuen hausinternen Expertin bewirbt.«

Erst als sie sich an der Sekretärin vorbeidrückte, konnte Prue einen Blick auf Rex Buckland werfen, der sich gerade von seinem Schreibtisch erhob und sein Jacket geradestrich.

Es war »Hugh Grant«!

Prue hatte das Gefühl, plötzlich ganz schlechte Karten zu haben. Sie brachte es kaum fertig, einen Fuß vor den anderen zu setzen. Hoffentlich spielten jetzt nicht ihre Kräfte verrückt!

Rex Buckland lächelte, diesmal allerdings eher höflich als amüsiert. »Ich glaube, wir sind uns bereits begegnet. Willkommen in meinem spießigen Auktionshaus, Mrs. Halliwell.«

Die Sekretärin spürte die Spannung, die in der Luft lag, und zog es vor, sich zurückzuziehen. Prue war mit Rex allein.

»Bitte, nein!« schrie die junge Frau.

Laute, schräge Musik jaulte durch die Lagerhalle. Harte Gitarrenriffs, hämmernde Beats und atonale Synthesizer-Klänge verschmolzen zu einer Art Disco-Heavy-Metal, das lediglich Ohrenschmerzen verursachte, aber vermutlich in keiner Top Ten jemals auftauchte. Dazu paßte das flackernde Licht in verschiedenen Rot- und Blautönen, welches das in ein provisorisches Studio umgebaute Gebäude in die Musikvideo-Variante von »Dantes Inferno« zu verwandeln schien. Einige Bereiche waren mit Laken abgehängt, überall waren Studioleuchten aufgestellt. Trotzdem kam das meiste Licht von den Kerzen, die herumstanden.

»Tun Sie mir nicht weh!« wimmerte die junge Frau, die auf einen Leuchttisch gefesselt lag. Seit Stunden kämpfte sie gegen die Stricke, die sie hielten. Die Musik, das Licht – selbst ohne die Angst um ihr Leben wäre sie nahe daran gewesen, den Verstand zu verlieren.

Sie konnte seine Schritte nicht hören, aber im flakkernden Licht sah sie seinen Schatten, der von den Laken zurückgeworfen wurde. Doch das war nicht mehr der junge, gutaussehende Mann mit dem griechischen Profil und dem kurzen Haar. Diese Gestalt wirkte ... deformiert, leicht gebückt. Fast schien es, als schleppte sich ein unendlich alter, müder Mann durch die Halle.

»Bitte, lassen Sie mich gehen!« flehte sie erneut.

In diesem Moment kam er in ihr Blickfeld, und ihre Atmung setzte für zwei Herzschläge lang aus.

Das war nicht mehr der Mann, mit dem sie ausgegangen war! Das war irgendeine Ausgeburt der Hölle, direkt aus dem Inferno auf die Erde gespuckt, um Kindern Alpträume und Erwachsenen die Furcht vor dunklen Seitenstraßen zu bringen.

Die Haut war verwittert und faltig, das Haar hing grau und strähnig am Kopf herunter. Die Ohren waren seltsam lang nach unten gezogen, und aus dem Mund glitzerte eine Reihe perlweißer, spitz zulaufender Haifischzähne. Die Arme schienen überlang am

Körper herunterzubaumeln, wenngleich sie in knochigen Fingern mit langen gekrümmten Nägeln mündeten. Trotz ihrer Angst fühlte sich die Frau an den Vampir in dem Stummfilm »Nosferatu« erinnert.

»Sieh mich an«, flüsterte der Dämon heiser.

Sie versuchte sich dagegen zu wehren, aber wie von unsichtbarer Hand geführt, drehte sich ihr Kopf in seine Richtung. Seine Augen loderten wieder wie blutrotes Feuer. Und im nächsten Augenblick schossen aus ihnen zwei Strahlen hervor, die sich direkt in ihre Pupillen bohrten.

Die junge Frau bäumte sich auf. Sie spürte, wie die Kräfte ihren Körper verließen, wie ihm seine Lebensenergie ausgesaugt wurde. Sie schrie, warf sich hin und her, doch es war umsonst.

Zu ihrem Entsetzen konnte sie fühlen, wie ihre Haut zusammenfiel, wie ihr Fleisch vertrocknete, wie ihr Haar stumpf und brüchig wurde ... Ihr Schrei wurde zu einem leisen Krächzen, bis sie schließlich ganz verstummte.

Sie war nicht tot, aber die Flamme des Lebens war aus ihrem einstmals jungen Körper gewichen.

Stefane stand vor dem armseligen Häufchen Fleisch und Knochen, das von seinem Ritual übriggeblieben war. Ihre Energie hatte seinen Körper erneut verjüngt. Er war wieder Stefane, Starfotograf und Frauenliebling.

Er lachte. Glasklar und schallend.

Rex hatte wieder an seinem Schreibtisch Platz genommen. Er legte nachdenklich die Fingerspitzen zusammen. »Wie viele Ausstellungen haben Sie als Kuratorin betreut?«

»Sieben«, erwidert Prue, »inklusive der Carter-Retrospektive. Das müßte auch alles in den Unterlagen stehen.«

Er schien überrascht. »Franklin Carter? Ein ziemlich dicker Fisch.«

Sie wich seinem Blick nicht aus. »Ich kann sehr überzeugend sein. Gewöhnlich bekomme ich, was ich will.«

Das war glatt gelogen, aber es ging hier schließlich um ihre beruflichen Qualifikationen, nicht um ihr Glück bei Männern.

Rex nickte. »Daran zweifle ich nicht. Zu schade, daß es nach eigenen Worten ›eh kein Job‹ für Sie ist.«

Prue versteifte sich sichtlich. »Das war ein privates Gespräch.«

Rex schenkte sich das deplazierte Lächeln. »Anscheinend nicht.«

Sie stand demonstrativ auf. »Ich möchte darauf hinweisen, daß Sie mich sprechen wollten, und nicht umgekehrt. Außerdem ist es außerordentlich unfair, einem Telefonat zu lauschen und mich dann nach dem zu beurteilen, was Sie zu hören gemeint haben.«

Rex nickte. »Es war unfair, und ich möchte mich dafür entschuldigen.«

Er stand ebenfalls auf und lehnte sich lässig an den Schreibtisch. »All das ist noch ziemlich neu für mich. Ich habe das Geschäft gerade erst von meinem Vater übernommen. Ich bin vielleicht noch ein wenig übervorsichtig. Aber mir hat gefallen, was Sie im Museum gemacht haben. Sie ziehen ein jüngeres Publikum an, und genau das schwebt auch mir vor. Es ist mir aber ungeheuer wichtig, daß die Person, die ich anstelle, wirklich hier arbeiten will.«

Das klang wie eine Absage, und Prue wollte gerade etwas entgegnen, als die Gegensprechanlage auf Rex Schreibtisch piepste. Er antwortete mit einem Knopfdruck. »Ja?!«

Aus dem Lautsprecher ertönte die Stimme der Sekretärin. »Entschuldigen Sie, Mr. Buckland, der nächste Bewerber ist da. Soll ich ihn auf einen anderen Termin legen?«

Rex sah Prue einen Augenblick lang an, bevor er antwortete: »Nein, ich denke, wir sind hier fertig.«

Prues Herz sank in ihre Magengegend. Verdammt! Sie war mal wieder zu forsch und aggressiv gewesen!

Rex gab ihr die Bewerbungsunterlagen zurück. Sie reichte ihm die Hand. »Danke, daß Sie sich die Zeit genommen haben.«

Er nickte kurz, und sie machte sich auf den Weg nach draußen.

Kurz vor der Bürotür änderte sie jedoch ihre Meinung.

Sie drehte sich um. Rex Buckland sah sie an. »Mr. Buckland, meine Kenntnisse reichen von der Ming-Dynastie bis zu Madonna. Was immer es ist, ich kann es identifizieren und datieren. Ich habe diesen Job vielleicht anfangs nicht gewollt, aber das hat sich geändert. Ich bin die Richtige.«

Mit diesen Worten ließ sie Rex Buckland zurück.

Phoebe verstand die ganze Sache nicht. Und wie üblich hielt sie damit auch nicht hinter dem Berg. »Man sollte doch meinen, daß Prue jetzt ein bißchen relaxter ist«, sagte sie, während sie ihrer Schwester die Tabletts mit dem Speisen aus dem »quake« anreichte, »schließlich war ihr letztes Mal ja schon eine Weile her. Wieviel, sechs Monate? Aber statt dessen ist es noch schlimmer.«

Piper sprach nicht gerne über solche Themen, aber sie mußte zustimmen. »Es ist überhaupt nicht Prues Art, beim ersten Treffen gleich Sex zu haben.«

Gemeinsam räumten die Schwestern den Lieferwagen des Restaurants aus, während Kirchenhelfer die Lebensmittel hereinbrachten.

»Irgendwie ist alles anders geworden, seit wir ...« Angesichts der fremden Ohren wollte Piper den Satz nicht zu Ende bringen.

Phoebe sah sie überrascht an. »Hattest du noch nie Sex beim ersten Mal?«

Piper war nicht minder überrascht. »Nein! Du etwa?«

Phoebes Gesichtsausdruck war Antwort genug, und Piper zog die Frage zurück.

Doch Phoebe kam jetzt erst richtig in Fahrt. »Es ist ja nicht so, daß ich es immer so mache. Als Hexe kann ich allerdings nun vorher sehen, ob es gut wird, und mich entsprechend vorbereiten.«

Piper war schockiert. »Hast du den Verstand verloren?« flüsterte sie und deutete auf die Helfer, die nur ein paar Meter weiter standen.

Phoebe hob mit Unschuldsmiene die Achseln.

»Man kann wohl kaum davon ausgehen, daß das jemand wörtlich nimmt.«

Piper konnte die Sorglosigkeit ihrer jüngeren Schwester nicht fassen. »Und was, wenn doch?« Ihr war klar, daß das etwas seltsam klang, darum setzte sie noch hinzu: »Ich glaube nur, wir sollten etwas vorsichtiger sein. Im Bett und darüber hinaus.«

Sie blickte verstohlen zum Kirchturm, und Phoebe schwante, daß es hier mal wieder um mehr ging. »Piper, es gibt Vorsicht und Paranoia. Willst du drüber reden?«

Piper tat ahnungslos. »Worüber?«

Sie zuckte heftig zusammen, als ihr in diesem Moment jemand von hinten an die Schulter faßte. Es war Pastor Williams. »Da seid ihr ja.«

Dann erkannte er Phoebe. »Hey, Phoebe«, rief er begeistert und nahm sie in den Arm, »du bist ja auch wieder da. Na, hast du einen kräftigen Bissen vom Big Apple genommen?«

Phoebe grinste. »Und samt Wurm runtergeschluckt.«

Beide lachten.

»Ich hol' mir einen Kaugummi. Braucht sonst noch jemand was?«

Piper und Pastor Williams verneinten.

Als Phoebe außer Hörweite war, wandte sich Piper dem Pastor zu. Die Sache hatte ihr jetzt lange genug auf der Seele gebrannt. »Also, ich habe da eine Freundin, und die hat ein Problem. Könnte ein schlimmes Problem sein. Und ich weiß keinen Rat.«

Der Pastor deutete auf die Kirche. »Sollen wir reingehen?«

»Nein«, sagte Piper wesentlich lauter als gewollt. »Ich meine, ich muß gleich wieder los.«

»Also, wo liegt das Problem?«

Piper knetete ihre Hände. »Also, ehrlich gesagt glaubt sie, sie wäre womöglich ... eine Hexe.«

Sie blickte den Pastor einen Moment lang unsicher an.

Pastor Williams seufzte. »Schon wieder Hexen?«

Piper rang sich ein schiefes Lächeln ab. »Nicht sehr gut, oder?«

Er atmete tief ein. »Zumindest ist das eine Frage, die man nicht jeden Tag gestellt bekommt. Erinnerst du dich an den Unterricht in der Sonntagsschule? Exodus 22:18: Und siehe, du sollst das Hexenvolk nicht leben lassen. Wenn es also nach dem Alten Testament geht, müßte man Hexen töten. Sie sind böse.«

Phoebe steckte den Kaugummi in die Tasche und nahm das Wechselgeld entgegen. Dabei fiel ihr ein altes Pärchen auf, das mit einem Lottoschein neben dem Kiosk stand. »Sollen wir die Geburtstage der Enkelkinder ankreuzen?« fragte der Mann seine Ehefrau. »Zehn Millionen Dollar im Jackpot. Vielleicht ist heute unser Glückstag.«

Die Frau schien weniger optimistisch. »Wenn nicht, verlieren wir das Haus.«

Phoebe mochte oberflächlich und leichtfertig sein, aber sie hatte ein Herz so groß wie ein Fußballfeld, und so etwas machte ihr echt zu schaffen. Nachdenklich sah sie den Kasten mit Lottoscheinen an. Vorsichtig pickte sie einen Zettel heraus.

Zack! Bingo! Volltreffer!

Vor ihrem geistigen Auge fand die Ziehung vom nächsten Samstag statt. Zwar wie üblich leicht verzerrt und durch einen milchigen Schleier, aber sie konnte die Zahlen gut erkennen. »4-16-19-30-32-40«, murmelte sie.

Nun wurde das alte Ehepaar und der Kioskbesitzer auf sie aufmerksam. Der Mann hinter der Theke grummelte mürrisch. »Wollen Sie das kaufen?«

Phoebe wandte sich dem Pärchen zu und sprach sehr eindringlich. »Vertrauen Sie mir. 4-16-19-30-32-40. Das sind die Zahlen. Heute *ist* Ihr Glückstag.«

Der Mann hatte zwar keine Ahnung, was das sollte, aber er hatte auch nichts zu verlieren. Also trug er die Zahlen ein.

Phoebe jubelte innerlich. Sieh an, es gab noch Einsatzmöglichkeiten für ihre Kräfte, an die sie nicht gedacht hatte.

Entschlossen wandte sie sich an den Kioskbesitzer. »Ich nehme auch ein Los.«

Natürlich war sie für alten Leute eine gute Fee, ganz selbstlos. Aber warum sollte sie nicht auch eine gute Fee für sich selbst sein?

Als sie auf den Beifahrersitz des Lastwagens hüpfte, den Piper schon gestartet hatte, strahlte Phoebe über das ganze Gesicht.

»Was gibt's zu grinsen«, fragte Piper, der das sofort verdächtig vorkam.

»Gar nichts«, preßte Phoebe hervor, die Mühe hatte, ihre Begeisterung für den genialen Plan zu verbergen.

Die Schwestern sahen nicht mehr, wie Pastor Williams und seine Helfer das Essen an die Armen und Obdachlosen verteilten. Sie sahen nicht die alte Frau in der abgewetzten Strickbluse, die verwirrt in der Schlange stand. Und sie sahen nicht das Tattoo in Engelsgestalt, das sie auf ihrer linken Hand trug.

Direkt auf dem Übergang zwischen Daumen und Zeigefinger ...

Andy seufzte, während er versuchte, sich auf dem Fahrersitz zu strecken. Diese Nachtschichten im Auto waren Gift für seinen Rücken. Seinem Partner Daryl ging es da nicht besser.

»Ich sage nur, Daryl, etwas an der Sache stinkt. Polizisteninstinkt, kann ich nichts gegen machen.«

»Worauf willst du hinaus?« Daryl machte seinen Job gut, aber bevorzugt strikt nach Vorschrift. Andy hingegen versuchte immer, auch ungewöhnlicheren Möglichkeiten gegenüber offen zu sein.

»Willst Du etwa behaupten, hier ginge es mit rechten Dingen zu? Wohin veschwinden die ganzen Frauen? Es gibt keine Spuren!«

Daryl grinste spöttisch. »Denkt da jemand an Entführungen durch Außerirdische?«

Andy war nicht zu Scherzen aufgelegt. »Ich meine das ernst.«

»Weiß ich«, gab Daryl zurück, »und das finde ich sehr beunruhigend. Laß mich raten – als Jugendlicher war dein Lieblingsfilm ›Ghostbusters‹, stimmt's?«

Als Andy nicht darauf einstieg, wurde auch Daryl ernst. »Hör zu: Wir haben es hier mit einem Verrückten zu tun, der auf hübsche Mädchen steht. Das ist soweit alles, okay? Wenn er es wieder probiert, sind wir zur Stelle, nehmen ihn fest, buchten ihn ein – und die Welt hat eine Sorge weniger.«

»›Tanz der Teufel 2‹«, sagte Andy plötzlich, während er durch die Scheibe in die Nacht stierte.

»Was?«

»Mein Lieblingsfilm damals war ›Tanz der Teufel 2‹.«

Daryl sah nach draußen. »Die Bank an der Ecke hat einen Geldautomaten. Wir sollten uns die Bänder von der Überwachungskamera ...«

Er brach ab, als Andy plötzlich die Wagentür öffnete und ausstieg.

»Wo willst du hin?«

In diesem Moment hatte auch er Prue entdeckt, die auf dem Weg ins »quake« war. Er kurbelte die Scheibe herunter und rief seinem Partner zu: »Das war ja klar. Keine Chance, Mann. Wir sind im Dienst. Du wirst uns nicht wegen ihr auffliegen lassen.«

Andy sah sich vorsichtig um. »Komm schon, Daryl, ich muß mit ihr reden. Nur fünf Minuten.« Mit diesen Worten spurtete er auch schon über die Straße.

Daryl Morris seufzte. Daß sein Partner nicht auf ihn hörte, war für ihn nichts Neues. Aber seit er sich wieder in diese Prue verknallt hatte, war ihm der Verstand endgültig unter die Gürtellinie gerutscht. Die Kleine hatte ihn regelrecht verhext.

Die Sache mit dem Restaurant war mal wieder auf dem besten Weg, Piper über den Kopf zu wachsen. Jetzt war es Abend, und anscheinend hatte sich bei den »hipperen« Ausgängern der Gegend herumgesprochen, daß man im »quake« relaxt und cool abhängen konnte. Ergebnis: volle Tische, volle Kassen – aber gestreßte Piper.

Sie fing eine Kellnerin ab, die ein Spargelgericht an ihr vorbeitragen wollte. »Moment!« Sie nahm die Gabel und rührte ein wenig in der Soße herum, die zum Gemüse gereicht werden sollte. »Das soll Soße sein, kein Haferbrei. Zurück in die Küche, da muß mehr Sahne rein. Und streut etwas frischen Pfeffer oben drauf!«

Sie seufzte. Sie hatte gehofft, die Sache mit der Hexerei würde ihr Leben ein bißchen angenehmer und leichter machen. Was brachte es schon, eine »Dienerin der Hölle« zu sein, wenn man dafür nicht einmal den unfähigen Aushilfskoch in die ewige Verdammnis schicken konnte?

In diesem Augenblick tauchte Prue neben ihr auf, und Piper nutzte die Gelegenheit, sich ein bißchen zu beklagen. »Erinnere mich nie wieder daran, daß ich mich um diesen Job gerissen habe, ja?«

Von Prue war diesbezüglich nicht viel Solidarität zu erwarten. »Sei dankbar. Derzeit bist du die einzige in der Familie, die Arbeit hat. Was macht Phoebe da?«

Piper blickte zu ihrer kleinen Schwester, die an einem Tisch bei Stefane saß. »Sie flirtet«, lautete ihre semi-professionelle Einschätzung.

Darauf wollte Prue nicht hinaus. Daß Phoebe flirtete, war ja nichts Neues. »Sie trägt ein Armani-Kleid. Wo hat sie das her?«

Piper hob hilflos die Arme. »Nicht aus meinem Kleiderschrank, soviel steht fest.«

In diesem Moment wurde das Spargelgericht wieder an Piper vorbeigetragen. Sie schnüffelte kurz und machte sich dann an die Verfolgung. »Ups, das ist wieder was schiefgegangen. Bis später.«

Prue sah Phoebe einen Augenblick lang kritisch nach, dann ging sie zu dem Tisch hinüber. Phoebe blickte auf. »Hi, Prue. Stefane, das hier ist meine ältere Schwester Prue. Prue, das ist Stefane, der berühmte Fotograf.«

Stefane erhob sich und reichte ihr die Hand. »Es ist mir ein Vergnügen.«

Prue nickte nur kurz. »Ebenfalls.«

Sie sah sich Phoebes Kleid aus der Nähe an. Kein Zweifel, dieses außerordentlich knappe Stück schwarzen Stoffs, das sich hauteng um Phoebes aufsehenerregende Formen schmiegte, stammte aus dem Atelier eines Nobel-Schneiders. »Nettes Outfit.«

Ihre Schwester tat unschuldig. »Ist nicht von dir.«

Prue nickte. »Ich weiß. Das könnte ich mir niemals leisten.«

Sie wandte sich an Stefane. »Würden Sie uns einen Moment entschuldigen?«

Ohne die Antwort abzuwarten, zog sie Phoebe vom Tisch weg. Das Duo schritt in die Küche, wo Prue zwischen Kochtöpfen und gestreßten Löffelschwingern endlich zur Sache kommen konnte. »Wie willst du für diesen Fummel bezahlen? Du bist pleite!«

»Nicht mehr lange!« verkündete Phoebe triumphierend.

»Was soll das denn nun schon wieder heißen? Hast du etwa schon wieder deine Kräfte benutzt?«

»Hast du es etwa nicht getan?« konterte Phoebe.

Prue winkte ab. »Das steht hier nicht zur Debatte. Es geht um dich.«

Phoebe setzte ihren Schmollmund auf, der sie zumindest bei Männern immer voran brachte.

In dem Moment kam Piper in die Küche geeilt, noch hektischer als zuvor. »Was macht ihr denn hier?«

Prue seufzte. »Dasselbe wie zu Hause. Wir streiten.«

Sie wandte sich wieder Phoebe zu. »Was hast du gemacht? Pferderennen? Börsenspekulation?«

»Ich habe ein Los gekauft«, knurrte Phoebe, der die Sache langsam zu doof wurde.

»Phoebe!« stieß jetzt auch Piper hervor, die das hochgradig unmoralisch fand.

Die jüngste der Halliwell-Schwestern ging nun zu schwereren Geschützen über. »Was hätte ich denn tun sollen? Die Vision ignorieren? Eine bedürftige Familie ihrem Schicksal überlassen? Wofür haben wir unsere Kräfte denn sonst?«

Prue schüttelte heftig den Kopf. »Unsere Kräfte sind nicht dazu da, um uns eine bequemes oder gar luxuriöses Leben zu ermöglichen. So steht es im ›Buch der Schatten‹, erinnerst du dich?«

»Das ist doch wohl eine Frage der Auslegung! *Du* hast selbst gesagt, wir brauchen Geld. Nun, ich besorge uns Geld!«

Mittlerweile hatten die ersten Küchenhilfen ihre Arbeitsutensilien beiseite gelegt und lauschten interessiert dem Streitgespräch, was Piper mit Sorge betrachtete. »Mädels, macht nicht so einen Wind hier drin!«

Aber Prue war nicht mehr zu stoppen. »Verdammt, such dir lieber einen Job!«

Phoebe hielt dagegen: »Ich benutze lieber meinen Kopf!«

Piper geriet jetzt langsam, aber sicher in Panik. Das Ganze lief total aus dem Ruder.

Zu allem Überfluß steckte in diesem Augenblick Andy Trudeau den Kopf zur Küchentür herein. »Prue?«

Er trat ein und erwischte dabei mit der Schulter eine Spülhilfe, die mit einem riesigen Stapel Teller unterwegs war, wie man ihn sonst nur in Stummfilm-Klamotten zu sehen bekommt. Und natürlich begannen die Teller dank Andys »Mithilfe« einen filmreifen Ausflug in die Küchenatmosphäre.

»Halt!« schrie Piper entsetzt – und wieder fror alles um sie herum ein.

Die Halliwell-Schwestern sahen sich mißtrauisch um. Das Blubbern in den Töpfen, die Klapperei mit dem Geschirr – alles war im Augenblick gefangen. Piper bemerkte erstaunt, daß selbst die fliegenden Teller wie von Zauberkraft in der Luft gehalten wurden. Im nächsten Gedankenzug korrigierte sie sich selbst – tatsächlich *war* ja Magie im Spiel.

»Oh nein«, stöhnte Piper, »nicht schon wieder!«

»Jetzt sieh nur, was du angerichtet hast!« rief Prue.

Piper sackte fast die Kinnlade auf den Boden. »Das soll *meine* Schuld sein?«

Jetzt erst bemerkte Piper ein weiteres, wichtiges Detail. »Ihr beiden seid nicht eingefroren?«

Prue sah an sich herunter. »Sieht aus, als ob es bei anderen Hexen nicht wirkt.«

Dann blickte sie Piper fest an: »Wie lange hält dieser Effekt für gewöhnlich vor?«

Piper wand sich unter dem prüfenden Blick. »Ich weiß nicht so genau. Nicht lange.«

Phoebe hatte derzeit einen Blick durch die Schwingtür nach draußen geworfen. »Und außerhalb dieses Raumes ist der Spruch auch wirkungslos. Da geht alles weiter wie gehabt.«

»Das kann doch alles gar nicht wahr sein!« rief Piper entsetzt.

Phoebe legte ihrer Schwester die Hände auf die Schulter. »Ganz ruhig, atme tief durch. Wird schon alles wieder.«

Prue, die noch immer durch die Bullaugen der Schwingtür nach draußen sah, schnappte plötzlich nach Luft. »Gerade hat Andys Partner das Lokal betreten, und er ist auf dem Weg hierher!«

Verzweifelt raufte sich Piper die Haare. »Was machen wir denn jetzt?«

Phoebe überlegte kurz, dann rief sie Prue zu: »Halte ihn auf!«

Prue wußte, daß nun nicht die Zeit für Diskussion war. Nicht auszudenken, was passieren würde, wenn Inspector Morris die Küche betrat angesichts des paralysierten Küchenpersonals (inklusive seines Partners), der schwebenden Teller und der drei verdächtig agilen Schwestern.

Es gelang ihr, Daryl Morris drei Schritte vor der Küchentür abzufangen. »Hi! Sie müssen Morris sein, Andys Partner.«

Der Polizist nickte, während er sich umsah. »Stimmt. Ist er hier irgendwo?«

Prue blickte sich betont langsam um. »Ich weiß nicht. Könnte sein. Sehen Sie ihn?«

In der Küche versuchte Phoebe derweil, ihre hyperventilierende Schwester wieder zu beruhigen. »Piper, atme langsam ein und aus. Ganz ruhig.«

Pipers Brustkorb hob und senkte sich jetzt schon wieder etwas ruhiger und regelmäßiger. Sie schloß kurz die Augen, und in diesem Moment geschahen zwei Dinge: Daryl Morris drängte sich an Prue vorbei in die Küche – und Pipers Kräfte verloren ihre Wirkung.

Mit einem unglaublichen Scheppern krachten die Teller zu Boden und zersplitterten in tausend Stücke. Andy sprang erschrocken zur Seite, und auch die Halliwell-Schwestern zuckten zusammen.

Andy Trudeau drehte sich noch zweimal im Kreis, bis er die Situation halbwegs erfaßt hatte. Dann sah er seinen Partner an: »Ich hatte dich doch gebeten, fünf Minuten zu warten.«

Daryl sah auf seine Uhr. »Es sind fast zehn vergangen.«

Diese Information verwirrte Andy sichtlich, und rasch ergriff Piper das Wort. »Meine Herren, wir haben hier drin wirklich viel zu tun.«

Mit diesen Worten schob sie die beiden Polizisten in Richtung Schwingtür, während Prue Andy hinterherrief: »Ich rufe dich nachher an!«

Das schien Andy zu beruhigen, und er leistete erheblich weniger Widerstand als erwartet.

Kaum waren die beiden Polizisten außer Sicht- und Hörweite, zischte Piper ihren Schwestern zu: »Wißt ihr was, langsam stinkt's mir, eine Hexe zu sein!«

Abbildungen von Dämonen, höllischen Abgründen, düsteren Legenden und ewiger Verdammnis – das »Buch der Schatten« war wahrlich keine leichte und aufmunternde Lektüre. Hinzu kam die Auflistung der mitunter geradezu bizarr anmutenden Zaubersprüche samt Zutatenliste. Piper war eine exzellente Köchin, aber woher sie im Fall der Fälle »drey Becher Wylfenbluthes« herbekommen sollte, war ihr schleierhaft. Außerdem hatte sie eher praktische Ratschläge in Richtung »Die Hexerei als alternativer Lebensstil« erwartet.

Deprimiert schlug sie das Buch zu. In diesem Moment kam Phoebe ins Wohnzimmer. »Hi! Was treibst du?«

Piper hatte nicht einmal Lust, zu antworten, darum nuschelte sie: »Lesen. Und degenerieren.«

In ihrer unerträglich fröhlichen Art plumpste Phoebe auf das Sofa neben ihr. »Weshalb so trübsinnig?«

Piper warf sich seufzend auf das neben ihr liegende Kissen. »Weil unser Leben so im Eimer ist, seit wir Hexen sind.«

Phoebe verdrehte die Augen. »Ach so. *Das*!«

Piper richtete sich wieder auf. »Du verstehst das nicht, weil es dir gar nicht so erscheint. Du hast niemals Angst. Das beneide ich so an dir. Das habe ich immer beneidet.«

Phoebe sah sie verschwörerisch an. »Dennoch lohnt es nicht. Bringt mich immer wieder in Schwierigkeiten.«

Piper drehte den Kopf weg, aber Phoebe konnte trotzdem sehen, daß Tränen ihre Wangen hinabliefen. Offensichtlich hatte sie den Ernst der Konversation unterschätzt. Sie legte ihre Hand auf die ihrer Schwester. »Hey! Piper, was ist denn? Komm, rede mit mir.«

»Weißt du«, sagte Piper mit erstickter Stimme, »bis vor kurzem war unser Leben so normal wie das anderer Leute. Man geht zur Arbeit, überlebt ein paar miese Dates, kauft sich Schuhe. Und dann wachen wir eines Tags auf – und alles ist anders. Plötzlich sind wir Hexen. Und ich weiß nicht mal, ob das was Gutes ist.«

»Machst du Witze?« warf Phoebe ein. »Das ist doch klasse!«

Piper betont jetzt jedes Wort sehr sorgfältig. »Das wissen wir nicht. Wir wissen nichts über unsere Kräfte. Warum wir sie haben. Was sie bedeuten. Oder woher sie kommen. Woher wissen wir denn, daß es keine«, sie stockte einen Moment lang, »bösen Kräfte sind?«

Phoebe nahm sie in den Arm. »Piper, das hatten wir doch schon. Wir sind gute Hexen.«

»Aber woher wissen wir das? Was ist mit Jeremy? Und den anderen Hexen und Hexern, von denen er sprach? Woher *wissen* wir, daß wir nicht wie sie sind?

Wir wissen es *nicht*, und das macht mir angst. Ich möchte doch nur, daß alles wieder so ist wie früher! So deprimierend das auch manchmal war! Ist das zuviel verlangt?« Sie wurde wieder von einem Weinkrampf überwältigt.

Phoebe streichelte ihr über das Haar. »Piper, du bist die netteste und hilfreichste Person, die ich auf diesem Planeten kenne.«

Zwischen zwei Schluchzern mußte Piper auflachen.

»Nein, im Ernst«, fuhr Phoebe fort, »du bist immer für andere da, selbst für Fremde. Das war schon immer so. Und daher bin ich sicher, daß wir ausschließen können, daß du deine«, sie suchte nach dem richtigen Wort, »deine Gabe erhalten hast, um damit etwas anderes zu tun als Gutes ... um Unschuldige zu schützen. So, wie es im ›Buch der Schatten‹ steht.«

»Außerdem«, fügte sie leise hinzu«, wenn sich hier irgend jemand Sorgen machen muß, ob sie vielleicht eine böse Hexe ist, dann bin das wohl ich.«

Jetzt mußte Piper erneut lachen, und Phoebe beendete die Diskussion mit den Worten: »Du brauchst vor gar nichts Angst zu haben.«

Sie sah auf ihre Uhr, während Piper in ihrer Hosentasche nach einem Taschentuch suchte. »Ups, ich muß los. Ich lasse mich nämlich jetzt fotografieren!«

Sie drehte sich hin und her und posierte übertrieben. Piper kam vor Lachen kaum dazu, sich die Tränen zu trocknen.

Dann war sie auch schon weg.

Piper wurde wieder still. Es ging ihr jetzt besser. Phoebe verstand es, jemanden aufzuheitern. Sie mochte oberflächlich und leichtsinnig sein, aber sie war vor allem ein herzensguter, lebensfroher Mensch. Egal, was Prue dazu sagte.

Andy hatte für sich und Prue ein kleines Fischlokal ausgesucht, durch dessen Panoramafenster man einen schönen Blick auf den Fishermans Wharf hatte. Im Hintergrund spielte leise Musik, und er meinte sich zu erinnern, daß Prue so etwas romantisch fand. Außerdem war hier um diese Uhrzeit noch wenig los, und sie konnten endlich ungestört reden.

»Das war exzellent«, sagte Andy nach dem Essen und stellte sein Glas ab.

Sie hatten ein exzellentes Dinner hinter sich, und die Flasche Weißwein ging gerade zur Neige. Beide setzten gleichzeitig an, um etwas zu sagen, was nicht dem Smalltalk der letzten Stunde entsprach. Prue lachte: »Du zuerst.«

Andy räusperte sich. Derartige Ansprachen fielen ihm nicht leicht. »Ich möchte dir sagen, daß es mir nicht leid tut, daß es passiert ist ...«

Prue fiel ihm ins Wort. »Mir tut es aber leid. Nicht, daß ich es nicht genossen hätte. Ich hab's genossen, besonders als wir ...«

Verdammt, jetzt wurde sie tatsächlich verlegen. Andy sprang ein: »Ja, es war toll.«

»Und dann die andere Sache später ...«

Andy grinste breit: »Ja, das hat mir auch sehr gefallen.«

Prue strich sich eine Haarsträhne aus der Stirn und wurde wieder ernst. »Mag sein, aber das ist nicht der

Punkt. Wir haben uns seit sieben Jahren nicht mehr gesehen. Und einfach da weiterzumachen, wo wir aufgehört haben, scheint mir ...«

Andy wollte es ihr nicht unnötig schwermachen. »Ich weiß. Ich weiß genau, was du meinst. Ich wollte nur wissen, warum du einfach so gegangen bist. Oder kannst du es mir nicht erzählen, weil es ein großes Geheimnis ist?«

Prues Gedanken verdüsterten sich. »Glaub mir, das willst du nicht wirklich wissen.«

Er sah ihr tief in die Augen. »Probier es.«

Sie seufzte schwer. Was konnte sie ihm erzählen, oder wieviel? Und was konnte er vertragen? Prue versuchte es diplomatisch: »Mein Leben ist in letzter Zeit etwas ... kompliziert geworden. Und im Moment erscheint es mir besser, mich nicht auf eine feste Beziehung einzulassen.«

Er langte über den Tisch und ergriff ihre Hand. »Prue, wir hatten Sex. Das bedeutet nicht, daß wir jetzt zum Friedensrichter müssen.«

Sie sah ihn einen Augenblick lang an, dann mußte sie lachen.

Er lachte mit, wurde aber schnell wieder ernst. »Mein Vorschlag: Wir tun so, als wäre nichts passiert.«

So einen blöden Spruch hatte Prue jetzt nicht erwartet. »Soll ich dich gleich vor dem Dessert sitzenlassen«, meinte sie bissig, »oder willst du noch was zu deiner Ehrenrettung sagen?«

Er runzelte die Stirn. »Nein, ehrlich. Rechnen wir die letzte Nacht doch einfach zu unserem alten Leben. Und dann fangen wir noch einmal von vorne an. Bitte

Prue, gib mir noch einmal eine Chance. Diesmal will ich es auch ganz bestimmt nicht wieder verbocken.«

Sie sah ihm tief in die Augen.

Ein Handy klingelte.

Andy griff instinktiv nach seinem Mobiltelefon, aber das hatte eine andere Melodie.

Entnervt langte Prue nach ihrer Handtasche. »Eine Romanze in den 90ern«, sagte sie und kramte ihr Telefon hervor.

Andy lehnte sich zurück. Immerhin hatte sie das Wort Romanze in den Mund genommen; das klang vielversprechend.

Prue nahm den Anruf entgegen: »Hallo? Wie? Ja, klar. Kein Problem.« Ihre Gesichtszüge hellten sich merklich auf. »Das dürfte ich schaffen. Bis gleich.«

Sie schaltete das Handy aus und sah Andy strahlend an. »Das war das Auktionshaus. Ich kann es kaum fassen: Die haben mich gerade zu einem zweiten Vorstellungstermin eingeladen.«

Sie stand auf und griff nach ihrer Jacke. Dann erst schien sie sich an das Gespräch zu erinnern, das sie gerade mit Andy geführt hatte. »Gib mir bitte ein bißchen Zeit, okay?«

Er nickte, und dann war sie auch schon verschwunden.

Inspector Andy Trudeau lehnte sich seufzend in seinem Stuhl zurück und winkte nach dem Kellner.

Seit er Prue wiedergetroffen hatte, hatte er sich oft gefragt, warum sie sich jemals getrennt hatten.

Allmählich fiel es ihm wieder ein.

Erneut stand Piper vor der großen St. John-Kirche. Immer wieder rief sie sich eindringlich Phoebes Worte in Erinnerung: »Ich brauche vor *nichts* Angst zu haben haben. Ich brauche vor gar nichts *Angst* zu haben. Vor *gar nichts.*«

Schritt für Schritt näherte sie sich dem Gotteshaus, das von Sekunde zu Sekunde bedrohlicher auf sie wirkte.

Als sie vor dem Portal stand, flüsterte sie: »Vor ... gar ... nichts.«

Sie atmete tief durch, schloß die Augen, schickte ein Stoßgebet gen Himmel – und ergriff die schmiedeeiserne Türklinke.

Ihre Hand fühlte das kühle Metall, ertastete die kunstvollen Verzierungen ...

Doch Blitz und Donner blieben aus.

Vorsichtig drückte sie die Klinke herunter und drückte die schwere Tür nach innen ...

Doch kein gewaltiger Zorn des Herrn streckte sie nieder.

Piper blinzelte in den dunklen Vorraum, in dem die Etageren mit den Kerzen und Prospekten standen.

Jetzt kam es drauf an!

Sie schloß die Augen, hob den rechten Fuß – und setzte ihn über die Schwelle.

Drei, vier Sekunden vergingen.

Piper öffnete testweise ein Auge.

Nichts.

Sie öffnete das andere Auge.

Nichts.

Sie betrat den Kirchenraum.

Nichts!

Sie hüpfte wieder heraus.

Nichts!

Sie hüpfte wieder hinein.

Nichts!

Hinaus.

Nichts!

Hinein.

Nichts!

Hinaus.

Nichts!

Sie riß die Arme hoch und schrie es dem Himmel entgegen: »Ich bin ... gut!«

Begeistert drehte sie sich im Kreis. Endlich war das geklärt!

Erleichtert machte sie sich wieder auf den Weg zum Lastwagen. Eine tonnenschwere Last schien ihr von den Schultern genommen.

Als sie den Fuß der Treppe erreicht hatte, bemerkte sie eine alte Frau, die geistig verwirrt zu sein schien. Piper hielt inne, um zu sehen, ob sie vielleicht Hilfe gebrauchen konnte. Die runzligen Hände der Frau waren halb in den Taschen einer alten Strickjacke versteckt, aber Pipers Blick blieb an einem Fleck hängen, der ihre Aufmerksamkeit erregte. Als sie genauer hinsah, erkannte sie eine Tätowierung. Die Tätowierung eines Engels!

Piper stutzte. Das war ein sehr ungewöhnlicher Zufall. Sie blickte der Frau in das greise Gesicht. Da war etwas, unter den Falten und der Müdigkeit des

Alters. Etwas, das sie kannte. »Britney?« flüsterte sie vorsichtig.

Die alte Frau sah sie jetzt direkt an. Ihre Stimme klang brüchig. »Meinen Sie mich?«

Sie schien Mühe zu haben, auch nur einen Gedanken zu fassen. »Ist das mein Name? Britney?«

Piper war verwirrt. Das war alles sehr seltsam.

Aber eins war sicher: Sie konnte diese Frau hier nicht sich selbst überlassen. Schließlich war sie eine Hexe.

Eine gute Hexe.

»Danke, daß Sie sich noch einmal die Zeit genommen haben«, sagte Rex Buckland, während er Prue durch das Auktionshaus führte.

»Ich habe zu danken«, sagte sie ehrlich erfreut, »auch wenn ich mir nicht sicher bin, warum Sie nun doch Interesse an mir haben.«

Rex erklärte es ihr, während er ein paar Handwerkern auswich, die das Auktionshaus gerade modernisierten. »Nun, Sie haben sich beim ersten Gespräch sehr gut geschlagen. Jetzt würde ich gerne Ihre fachlichen Fähigkeiten testen, um zu sehen, ob Sie Ihrem Ruf gerecht werden. Das hier ist Hannah Webster, eine unserer angehenden Kunstexpertinnen. Hannah, das ist Prue Halliwell.«

Er deutete dabei auf eine kleine Frau mit Brille und lockigem Haar, das halbherzig von einer Spange gebändigt wurde.

Prue reichte ihr die Hand. »Hi! Nett, Sie kennenzulernen.«

Hannah nickte nur knapp, und Prue ahnte, daß sie soeben eine Feindin fürs Leben gefunden zu haben schien, aus welchem Grund auch immer.

Rex bemerkte nichts von alldem und deutete auf ein Gemälde, das auf einer provisorischen Staffelei stand. »Sagen Sie uns etwas über dieses Exponat.«

Prue warf einen kurzen Blick auf das Bild, auf den Rahmen und die Rückseite. »›Madonna auf der Heide‹. Giovanni Bellini, 16. Jahrhundert. Wunderschönes Gemälde, um die 3 bis 4 Millionen Dollar wert, wenn ... es keine Kopie wäre.«

»Wie kommen Sie darauf, daß es sich um eine Kopie handelt?« fragte Hannah säuerlich.

Prue blieb ruhig. »Zu gut erhalten, keinerlei Spuren von Vergilbung. Außerdem ist die Rahmenhalterung aus Pinie, während italienische Maler dieser Periode Pappelholz bevorzugten.«

Rex nickte sichtlich beeindruckt und deutete dann auf eine Skulptur, die seltsam gebückt auf einem Sokkel stand. »Und was ist damit?«

Prue brauchte nicht einmal genau hinzusehen. »Degas. Interessanterweise die einzige Skulptur, die er selbst je ausgestellt hat.«

In diesem Moment stieß Hannah gegen eine Leiter, die einer der Anstreicher aufgestellt hatte. Der Farbeimer auf der obersten Sprosse geriet ins Kippen, und ein Schwall weißer Deckenfarbe ergoß sich in Richtung Prue.

Wie so oft in letzter Zeit erfolgte ihre Reaktion eher instinktiv denn geplant. Der herannahende Farbstrahl wurde zehn Zentimeter über ihrem Kopf abrupt abgelenkt und beschrieb sodann einen bizarren Bogen. In sicherer Entfernung klatschte die zähe Flüssigkeit auf den Boden, wobei Hannahs Schuhe ein paar böse Spritzer abbekamen.

Die ganze Sache dauerte nur zwei Sekunden, und Prue vermutete, daß weder Rex noch Hannah durch den Schreck wirklich realisierten, was sie da soeben gesehen hatten.

»Alles in Ordnung?« fragte Rex besorgt, nachdem er sich wieder gefaßt hatte.

»Ja, ich glaube schon«, stammelte Prue, die immer noch nicht daran gewöhnt war, ihre Kräfte so spontan einzusetzen.

»Kaum zu glauben, daß so etwas passieren konnte«, meinte Rex.

»Schon okay«, beruhigte ihn Prue.

»Ich weiß nicht, was ich sagen soll«, meinte Rex, »außer vielleicht: Sie sind engagiert. Das heißt, wenn Sie den Job noch wollen.«

Prue war völlig von den Socken. »Ist das Ihr Ernst?«

»Können Sie Montag anfangen?«

»Klar«, strahlte sie.

Er rieb sich die Hände. »Das wäre dann geklärt. Um die Details kümmern wir uns an Ihrem ersten Arbeitstag. In diesem Sinne: Willkommen bei Buckland Auktionen.«

»Danke, danke vielmals«, stotterte Prue und ging dann mit wackeligen Knien davon.

Rex und Hannah sahen ihr nach. »Was meinst du?« fragte er.

Hannah machte keinen Hehl aus ihrer Ablehnung. »Entweder hat sie mehr Glück als Verstand, oder ... sie ist eine Hexe.«

Prue war seit langem nicht mehr so stolz auf sich gewesen. Sie hatte einen Job! Und nicht etwa irgendeinen: Buckland war ein angesehenes Haus in der Auktionsszene. Roger würde grün vor Neid werden, wenn er das hörte. Und sie konnte es kaum erwarten, Andy davon zu erzählen.

Sie schloß die Haustür auf und trippelte leichtfüßig in die Vorhalle. »Piper?« rief sie »Phoebe? Jemand zu Hause?«

In diesem Moment kam von rechts eine alte Frau vorbeigeschlurft, die eine Kaffeetasse in der Hand hielt. Sie nahm Prue kaum wahr, sondern verschwand im Eßzimmer.

Prue stand da wie vom Donner gerührt. Wo war *die* denn auf einmal hergekommen?

In diesem Moment kam Piper mit einem Keks in der Hand aus der Küche. Sie konnte Prue ansehen, daß diese schon Bekanntschaft mit dem neuen Hausgast gemacht hatte. »Oh, hi, Prue. Da bist du ja endlich.«

Prue deutete mit dem Finger in die Richtung, in die die alte Frau verschwunden war. »Wer bitte ...?«

In diesem Moment tauchte die alte Frau wie ein Spuk wieder auf. Piper drückte ihr den Keks in die Hand. »Hier, Britney. Warum setzt du dich nicht ein wenig in die Küche.«

Wie ein Zombie leistete die Frau Folge.

Prue verstand gar nichts mehr. »Warum nennst du sie Britney?«

Piper hob abwehrend die Hände. »Das wirst du nicht glauben. Ich bin nicht einmal sicher, ob ich es selber glaube. Ich denke, nein, ich bin sicher, daß diese Frau Britney Reynolds ist.«

Prue sah ihre Schwester an, als hätte diese den Verstand verloren. »Natürlich, Piper, und ich bin in Wirklichkeit die alternde Cher.«

Piper ließ sich davon nicht abbringen. »Nein, wirklich, ich meine das ernst. Britney hat ein Tattoo auf der Hand, erinnerst du dich? Einen Engel.«

Selbst auf die Entfernung von einigen Metern konnte auch Prue die Tätowierung sehen, die ihr seinerzeit an Britney aufgefallen war. »Aber das ist doch nicht möglich«, flüsterte sie.

»Das dachte ich zuerst auch«, pflichtete Piper ihr bei, »aber dann habe ich ihr ein paar Fragen gestellt. Dinge, die nur Britney wissen kann. Sie mag vielleicht senil erscheinen, aber mich hat sie überzeugt.«

Prue hatte das Gefühl, den Boden unter den Füßen zu verlieren.

Wo waren sie da nur wieder reingeraten?

Phoebe parkte den Lastwagen des »quake« vor dem Lagerhaus, in dem sich Stefanes vorübergehendes Studio befand. Sie überprüfte noch einmal ihr dezentes Make-up im Rückspiegel und atmete dann tief durch.

Model! Davon hatte sie schon immer geträumt. Alle Typen, die ihr bisher so etwas angetragen hatten, waren letztendlich nur großmäulige Nobodys gewesen. Stefane hingegen war eine Berühmtheit. Dieser Mann hatte es nicht nötig, junge Frauen auf diese Tour aufzureißen.

Und wenn die Sache doch nicht funktionierte, sprangen dabei vielleicht wenigstens ein paar gute Fotos von ihr heraus. »Sexy Fotos«, sagte sie leise zu sich selbst.

Sie stieg aus dem Laster und ging auf die Halle zu. Ihr Herz pochte wie wild. Sie wollte cool sein, charmant, aber nicht albern. Stefane erwartete schließlich professionelles Verhalten.

Sie klopfte an die kleine Wellblechtür und wartete.

Zeit verging. Nichts geschah.

Sie klopfte erneut.

Hatte sie sich in der Uhrzeit geirrt?

»Stefane, ich bin's, Phoebe«, rief sie laut.

Ihre Hand griff nach dem Türknauf. In dem Moment, da ihre Finger das kalte Metall berührte, durchschoß sie eine Vision.

Und was für eine! Die stärkste, die sie bis jetzt gehabt hatte, um genau zu sein. Ihr Körper wurde förmlich durchgeschüttelt, als stünde er unter Strom.

Sie sah sich selbst, gefesselt auf einen leuchtenden Tisch, umgeben von seltsamen Lichtern und herabhängenden Laken. Vor ihr stand ein Mensch. Nein, es war ein ... Wesen. In der Dunkelheit und aufgrund der Verzerrung durch die Vision konnte sie es nicht genau erkennen, aber es *definitiv* nicht von dieser Welt.

Phoebe riß sich selbst wieder in die Realität zurück.

Sie war in Gefahr!

In Lebensgefahr!

Ihre Instinkte erwachten zum Leben, und sie drehte sich fast automatisch auf dem Absatz um und spurtete zum Lastwagen. Sie hatte den Schlüssel schon im Zündschloß, noch bevor sie ihren Platz auf dem Fahrersitz eingenommen hatte. Der Motor sprang sofort an. Phoebe atmete erleichtert auf. In einschlägigen Horrorfilmen war es bekanntlich so, daß Fahrzeuge in solchen Situationen grundsätzlich ihren Dienst versagten.

In diesem Moment griff eine riesige Krallenhand durch das Fahrerfenster und packte ihren Kopf.

Dann wurde es schwarz um Phoebe.

»Piper?« rief Prue. Hast du etwas über die fraglichen Dämonen gefunden?«

Piper kam ihr mit dem »Buch der Schatten« ins Wohnzimmer entgegen. »Ja, hier ist was! *Jaffna nährt sich eine Woche im Jahr, indem er die Lebenskraft junger Menschen in sich aufsaugt.*«

»Indem er einen schwarzmagischen Zauber benutzt, der ihm ewige Jugend verspricht«, las Prue weiter.

»Etwas in dieser Art muß er mit Britney gemacht haben!« stellte Piper fest.

»Ja«, sagte Prue, während sie weiterblätterte, »aber es muß doch auch einen Zauber geben, der diesen Effekt wieder umkehren kann.«

»Da«, sagte Piper und deutete auf eine Zeichnung und einen kurzen Text, »die Hand von Fatma. Der

Prophet Mohammed hat Jaffna damit vor Jahrhunderten wieder dahin geschickt, wo er herkam.«

»Bleibt nur noch ein Problem«, seufzte Prue, »wir haben keine Ahnung, wer Jaffna ist, geschweige denn, wo er sich aufhält.«

Piper nickte frustriert.

Aus dem Augenwinkel sah Prue, wie Britney vor dem Kühlschrank stand und mit ihren runzeligen Fingern über die Magnete und Notizzettel fuhr, die an der Tür angebracht waren. Plötzlich weiteten sich die Augen der alten Frau, ihr Atem wurde keuchend, und sie machte Anstalten, zusammenzubrechen.

Sofort waren Piper und Prue bei ihr, um sie zu stützen.

»Was ist denn passiert?« fragte Piper besorgt.

Prue beugte sich zu der Frau hinunter. »Britney, geht es dir gut?«

»Wir sollten den Notarzt verständigen«, schlug Piper nervös vor.

»Und denen was erzählen?« fragte Prue. »Wir haben hier eine 25jährige, die gerade an Altersschwäche stirbt?«

Prue glaubte an einen Infarkt, aber das schreckgeweitete Gesicht von Britney sprach eine andere Sprache. Zitternd deutete sie auf eine Serviette, auf die jemand mit Kuli eine Adresse gekritzelt hatte.

»Was ist das?« wollte Prue wissen.

»Nur die Adresse von Stefane. Er hatte sie Phoebe aufgeschrieben.«

In diesem Moment schüttelte Britney heftig den Kopf. »Jaffna«, preßte sie mühsam hervor, »Jaffna!«

Piper sah ihre Schwester fassungslos an. »Phoebe ist eben da hingefahren!«

»Nun sieh dir das an«, sagte Daryl und pfiff beeindruckt, »die Videokamera beim Geldautomaten hat gleich das erste Opfer aufgenommen.«

Fasziniert starrten die beiden Polizisten auf dem Revier auf das körnige Schwarzweißbild, das der alte VHS-Rekorder ihnen soeben präsentierte. In abgehackten Momentaufnahmen war eine junge Frau zu sehen, die in Gesellschaft eines gutaussehenden Mannes das »quake« verließ.

»Ja«, murmelte Andy, »und sie ist in Begleitung dieses Fotografen Stefane.«

Daryls Miene verdüsterte sich. »Das war das letzte Mal, daß sie gesehen wurde. Steht dieser Stefane eigentlich auf unserer Liste der Verdächtigen?«

Andy griff sich seine Jacke und stand auf. »Er hat soeben Platz 1 erobert.«

»Dem Herrn sei Dank für die Geldautomaten«, murmelte Daryl und folgte seinem Partner.

»Nein, halt«, schluchzte Phoebe, die, wie es ihre Vision prophezeit hatte, hilflos auf den Leuchttisch gefesselt war. »Wer auch immer Sie sind, lassen Sie mich bitte gehen!«

Die dröhnende Musik verschluckte fast ihre Worte, und auch die Antwort des verfilzten Dämons, der vor ihr stand.

»Ich bin Jaffna«, stieß er hervor.

Phoebe zerrte mit all ihrer Kraft an den Fesseln,

aber es war aussichtslos. In diesem Moment wünschte sie sich Prues Kräfte, um …

Jaffnas Augen begannen, rot aufzuglühen. Phoebe wollte nicht hinsehen, aber er zog sie in seinen Bann. Zwei Strahlen schossen wie Flammenzungen aus seinen Augen, direkt in ihre Pupillen.

Und in ihre Seele.

Quietschend kam Prues Mazda MX-5 vor der Lagerhalle zum Stehen. Piper und sie sprangen heraus und entdeckten den Lastwagen des »quake«. Ein kurzer Blick bestätigte ihre Befürchtungen: Phoebe saß nicht mehr darin.

Hektisch sahen sich die Schwestern um. »Siehst du was?« fragte Prue.

»Nein«, bekannte Piper. »Vielleicht sollten wir dieses eine Mal wirklich die Polizei holen.« Sie fuhr sich verzweifelt durch die Haare.

»Nein«, stellte Prue kategorisch fest, »Jaffna hat Phoebe, und wir sind die einzigen, die etwas gegen ihn ausrichten können.«

»Aber wir brauchen Phoebe! Der Spruch wirkt nur, wenn wir drei gemeinsam ihn aussprechen!«

In diesem Augenblick ertönte aus dem Innern der Lagerhalle ein gellender Schrei.

Panisch erstürmten Prue und Piper das Gebäude. Ihre eigene Sicherheit war jetzt zweitrangig, es ging um Phoebes Leben! Verzweifelt kämpften sie sich durch herabhängende Bettlaken und an ein paar seltsamen Scheinwerfern vorbei. Unversehens fanden sie sich in einem abgetrennten Bereich wieder.

Da lag Phoebe, gefesselt auf einem Tisch, während eine abscheuliche Kreatur ihr gerade mit Hilfe von Lichtstrahlen aus seinen Augen die Lebensenergie absaugte.

Prue reagierte sofort. Mit einem konzentrierten Stoß Gedankenkraft schleuderte sie das Höllenwesen zur Seite.

In einer Mischung aus Überraschung und Wut heulte Jaffna auf.

Piper stürmte sofort zu Phoebe und begann, sie loszubinden.

Derweil richtete der Dämon seine Aufmerksamkeit auf Prue. Er ahnte, daß diese Hexe ihm die meisten Schwierigkeiten machen würde. Es gelang ihm, seine vernichtenden Strahlen auf ihre Augen zu fixieren. Sofort erschlaffte Prues Körper, und nur die teuflische Kraft des Dämons hielt sie noch aufrecht. Jaffna begann, sie langsam über den Betonboden der Halle auf sich zuschweben zu lassen, während Prues Lebensenergie aus ihren Augen nach und nach in die seinen überging.

Piper hatte endlich ihre jüngere Schwester befreit und bemerkte nun, in welcher Gefahr sich Prue befand. Ihr Blick fiel auf einen schimmernden Gegenstand, der zwischen diversen Schminkutensilien auf einem Tisch in der Nähe stand.

»Prue, der Spiegel!« rief sie gellend, um die laute Musik zu übertönen.

Obwohl ihr Geist fast völlig unter Jaffnas Kontrolle stand, vernahm Prue die Worte ihrer Schwester. Ihre Hände tasteten nach dem Spiegel, und als sie ihn schließlich packen konnte, riß sie ihn ruckartig hoch.

Es funktionierte! Die Strahlen aus Jaffnas Augen wurden zurückreflektiert, und der Dämon wurde von seinen eigenen Kräfte getroffen.

»Aaaaarrrrggggghhhhhh!!!« Schreiend warf sich Jaffna hin und her und versuchte, mit seinen widerwärtigen Klauen seine Augen abzuschirmen.

Er war für kurze Zeit außer Gefecht gesetzt; wertvolle Sekunden, die die Halliwell-Schwestern nutzen mußten.

Endlich standen die drei Schwestern wieder beisammen. Und gemeinsam, mit der Kraft der 3, begannen sie den Zauberspruch zu verlesen, den Piper auf einen Zettel geschrieben hatte. Erschöpft und bemühte, nichts Falsches zu sagen, begann Phoebe, die magischen Zeilen zu lesen.

»Das böse Auge werde blind,
die Kraft des Jugendfressers schwinde,
so wahr wir Hexen dreier sind,
so vergehest du mit diesem Winde.«

Jaffna heulte auf wie ein verwundetes Tier, streckte sich und starrte die Halliwell-Hexen haßerfüllt an. »Ihr werdet mich nicht besiegen! Ich werde ewig leben!«

Dieser Spruch kam Prue, Phoebe und Piper irgendwie bekannt vor. Dämonen schienen nicht nur schlechte Verlierer zu sein, sondern auch an grenzenloser Selbstüberschätzung zu leiden.

Und der Spruch tat bereits seine Wirkung. Wie ein Orkan wehte blaues Licht durch die Halle, und goldene Flammen fraßen an Jaffnas Leib. Er hob die Arme in dem verzweifelten Versuch, die Hilfe seines teuflischen Herrn herbeizurufen, aber es war schon zu spät. Unaufhaltsam fraß ihm der Lichtsturm die lederne Haut von den Knochen, die alsbald klappernd in sich zusammenfielen. Sekunden später war nur noch ein Haufen Staub übrig.

Erschöpft betrachteten die drei Schwestern das Ergebnis ihrer »Arbeit«.

»Ziemlich cool«, keuchte Phoebe.

Sie sahen sich an. Ziemlich cool, in der Tat.

Draußen heulten Polizeisirenen.

Im Haus der Halliwells lag Britney schlafend auf dem Sofa. In dem Moment, da einige Kilometer entfernt das irdische Leben des Dämons endete, hatte sich ihre Haut zu straffen begonnen. Ein honigfarbener Glanz legte sich über das ehemals stumpfe, strähnige Haar, und nach wenigen Sekunden war sie wieder Britney Reynolds, 25 Jahre alt.

Und vielleicht war es gut, daß sie ihre Rückverwandlung einfach verschlief.

Andy, sein Partner Morris und zwei weitere Streifenwagen kamen gerade vor der Lagerhalle zum Stehen, als die drei Schwestern schon wieder bei ihren Autos standen.

»Prue?« fragte Andy ungläubig, »Was machst du denn hier?«

Die älteste der Halliwells überlegte schnell. »Wir haben versucht, den Lastwagen zu starten. Er war liegengeblieben.«

»Ja«, pflichtete Piper bei, »Phoebe hat uns angerufen, und da sind wir hergekommen.«

»Stefane wollte mich fotografieren«, sagte Phoebe, und ein Rest von Enttäuschung war in ihrer Stimme zu hören.

Andy konnte es kaum fassen. »Wißt ihr eigentlich, wieviel Glück ihr hattet? Dieser Stefane ist vermutlich der gesuchte Frauenmörder!«

Daryl kam aus der Lagerhalle und erstattete Andy Bericht. »Da drinnen ist niemand. Aber der Wagen von dem Typ steht hinterm Haus, er könnte also noch in der Gegend sein.«

Andy Trudeau warf den drei Schwestern, die mit Unschuldsmienen dastanden, einen skeptischen Blick zu. Die ganze Sache stank zum Himmel. Er war nicht Polizist geworden, um sich von drei naseweisen Damen reinlegen zu lassen.

Kurzerhand griff er durch das Fenster des Lastwagens und drehte den Zündschlüssel. Das Fahrzeug sprang sofort an. »Der Wagen ist also liegengeblieben, wie?« bemerkte er spitz.

»Wow«, rief Phoebe nach einer Schrecksekunde, »Sie haben es wieder hinbekommen. Super!«

»Toll, nicht?« murmelte Andy mit säuerlicher Miene.

»Vielleicht sollten wir uns auf den Weg machen«, schlug Piper vor.

»Gute Idee«, pflichtete Andy bei.

Piper und Phoebe ließen sich das nicht zweimal sagen, aber Prue nahm sich noch einen Augenblick Zeit. Sie sah Andy an. »Danke. Rufst du mich an?«

Er erwiderte den Blick. »Klar«.

Es war ein neuer, strahlender Tag, und im »quake« war wieder viel zu tun. Phoebe schlängelte sich durch die wartenden Gäste, als sie von einem rothaarigen Mädchen angerempelt wurde. Sie wollte gerade eine empörte Bemerkung loswerden, als sie feststellte, daß es sich bei der jungen Frau um Stefanes Begleitung von neulich handelt. Sie sah der Rothaarigen direkt ins Gesicht: »Hi, alles in Ordnung?«

Wie vermutet, schien sich die Schnepfe an nichts mehr zu erinnern, sie rümpfte nur die Nase und stapfte davon. Phoebe zuckte mit den Achseln. Jedem das seine.

Sie ging zu Piper und Prue, die an der Bar standen. »Wer war das denn?« fragte Piper.

»Nur jemand, dessen Schicksal ich fast geteilt hätte«, sagte Phoebe bewußt gelangweilt, »eins von Stefanes Opfern. Sie scheint sich an nichts zu erinnern. Ist wohl auch besser so.«

»Da hat sie Glück gehabt«, pflichtete Prue bei.

»Ich allerdings habe bei der Sache etwas gelernt«, verkündete Phoebe stolz. »Ich werde in Zukunft vorsichtiger sein.«

Prue legte den Kopf schief, als hätte sie sich gerade verhört. »Moment mal, bin ich im falschen Film? Hat Phoebe gerade zugegeben, etwas falsch gemacht zu haben?«

»Habe ich auch gehört«, bestätigte Piper grinsend.

Phoebe sah ihre Schwestern entnervt an. »Ja, doch! Kreuzt es euch rot im Kalender an. Kommt nämlich nicht wieder vor.«

Piper trank einen Schluck Mineralwasser. »Wenigstens konnten wir einigen Menschen helfen. Das beweist, daß unsere Kräfte wirklich dazu angetan sind, Gutes zu tun.«

»Stimmt«, fügte Prue zähneknirschend hinzu, »nur bei unserem Liebesleben scheinen sie zu versagen. Auch wenn diese Gabe manchmal ganz praktisch ist, das muß ich zugeben.«

Jetzt war es an Phoebe, sich zu wundern. Konnte es sein, daß Prue ihre dogmatischen Ansichten etwas gelockert hatte. Vielleicht gab es für sie doch noch Hoffnung ...

In diesem Moment fiel ihr Blick auf den Fernseher über der Theke, auf dem der Nachrichtensprecher gerade die Lottozahlen verkündete. »Oh, das sind meine, das sind meine«, stotterte Phoebe aufgeregt und fummelte den Schein aus ihrer Hosentasche.

Und es stimmte. Die Zahlen, die der Sprecher soeben verlas, waren exakt die Zahlen auf ihrem Los ... die jetzt wie von Zauberhand von dem Papier verschwanden.

Entgeistert starrte Phoebe auf den Lottoschein. Die Zahlen hatten sich in Luft aufgelöst!

Piper legte ihr tröstend die Hand auf die Schulter. »Habe ich es dir nicht gesagt? Du darfst und kannst deine Kräfte nicht für dein persönliches Gewinnstreben mißbrauchen.«

Phoebe schmollte. »Gott sei Dank habe ich den Kassenbon für das sündhaft teure Kleid noch nicht weggeschmissen. Wenigstens können die alten Leutchen jetzt ihr Haus behalten.«

Piper erhob ihr Glas. »Laßt uns anstoßen. Wir haben die Macht der 3. Ob es uns paßt oder nicht.«

Prue und Phoebe stimmten aus ganzem Herzen zu. Keine Frage, sie hatten die Macht der 3.

Und der Rest würde sich zeigen.

Buffy – Im Bann der Dämonen

Seit Menschengedenken treiben sie ihr Unwesen im Verborgenen – Vampire, Dämonen, unheilvolle Mächte. Doch in jeder Generation gibt eine Jägerin, deren Aufgabe es ist, diese Höllenbrut zu bekämpfen.

Aber warum mußte dieser Job ausgerechnet Buffy zufallen, einer jungen, hübschen und – auf den ersten Blick – ganz normalen Schülerin?

Und so ist Buffy alles andere als glücklich über ihre »Bestimmung« – und das nicht erst, seit bei einer ihrer Jagden die High-School ihrer Heimatstadt in Flammen aufging ...

Richie Tankeryley Cusick
Buffy – Im Bann der Dämonen
Die Wiederkehr des Meisters
Roman

John Vornholt
Buffy – Im Bann der Dämonen
Der Hexer von Sunnydale
Roman

Christopher Golden/Nancy Holder
Buffy – Im Bann der Dämonen
Halloween
Roman

Arthur Byron Cover
Buffy – Im Bann der Dämonen
Die Nacht der Wiederkehr
Roman

Christopher Golden & Nancy Holder
Buffy – Im Bann der Dämonen
Das Blutschwert
Roman

vgs

BUFFY – IM BANN DER DÄMONEN

Die Angel-Chroniken

Was passiert eigentlich, wenn eine Vampir-Jägerin auf einen »guten« – und zudem noch attraktiven – Blutsauger trifft? Der dann auch noch Angel heißt – und sich in die hübsche Schülerin verliebt?

Nancy Holder
Buffy – Im Bann der Dämonen
Die Angel-Chroniken I
Rendezvous mit einem Vampir
Roman

Richie Tankersley
Buffy – Im Bann der Dämonen
Die Angel-Chroniken II
Der Vampir und die Jägerin
Roman

vgs